D+

dear+ novel

star no manager mo koishite shimaimashita・・・・・・・

スターのマネージャーも恋してしまいました

小林典雅

新書館ディアプラス文庫

スターのマネージャーも恋してしまいました

contents

illustration : 佐倉ハイジ

スターの
マネージャーも
恋して
しまいました
STAR NO
MANAGER MO
KOISHITE
SHIMAIMASHITA

お笑いの世界で三十までに芽が出なければ諦める。でもそれまでは全力で齧《かじ》りつく。そうメンバーと誓いあい、日暮遼太《ひぐれりょうた》が業界に飛び込んだのは三年前のことである。

大学の友人ふたりと結成したコントユニット『エジソンスクエアガーデン』は、初挑戦した若手の登竜門「N―1グランプリ」で準々決勝まで勝ち進み、動画サイトにアップしたネタのレパートリーを見た芸能事務所「ジェムストーン」から所属契約の声がかかった。

幸先《さいさき》のいいスタートを切れたが、そのままブレイクできるほど甘くはなく、現在の仕事は週一回少年アイドル番組のスタジオ収録前に客席を温める前説《まえせつ》や、たまにネタ番組やバラエティの賑《にぎ》やかし役、高学歴芸人枠《わく》のクイズ番組のレギュラー回答者が出られないときの穴埋《う》め出演、月に三、四回地方のお笑いライブの劇場公演やショッピングモールでの営業ライブなどで、ギャラを三等分した額だけでは生活できず、各々《おのおの》バイトで食いつないでいる。

ぺーぺーに毛が生えたような下積み生活だが、仕事をもらえるだけラッキーだと思っているし、自分たちのコントは絶対に面白いという自負もある。いまはブレイク前の助走期間という前向きな気持ちで、遼太は現状に大きな不安や焦《あせ》りは感じていなかった。

ネタ作りはリーダーの古藤《ことう》が大筋を考え、メンバーの片柳《かたやなぎ》と遼太が細部を膨《ふく》らませて三人で練り上げている。

マネージャーの西荻《にしおぎ》も「エジスクのコントは突飛《とっぴ》だけど知的で悪い意味の毒がなくてほかと芸風が被《かぶ》らないし、私はあんたたちの笑いが仕事を越えて好きだから、絶対メジャーにしてみせるからね！」と初対面から変わらぬ熱意を注いでくれる。

十分ほどの出番のために西に東に向かう地方営業も、道中メンバーと駅弁を食べながらネタ合わせをするのも楽しいし、ステージで客が沸いてくれたときの喜びはほかに代えがたいし、舞台がはねて先輩芸人さんたちと飲みにいって話を聞かせてもらえるのも嬉しくて、遼太にとって営業はドサ回り的なネガティブなものではなく好きな仕事だった。

このまま三人で頑張ればきっといつか夢は叶うと信じて明るく下積み生活を送っていた二十五歳の春、状況が一変する出来事が起きた。

その日、リーダーから『バイトが終わったらうちに集まってくれ』というメールが届いたときは、いつものように新作ネタを思いついたので呼び出されたのかと思った。

バイク便の仕事を終えて高円寺《こうえんじ》のリーダーのアパートに向かうと、ちょうど片柳も同じタイミングでドアの前に着いたところだった。

ふたりで真顔で向かいあい、

「……ブルータス、」

「おまえもか。一心同体、」

「少女隊」

と挨拶《あいさつ》代わりにボケ合い、プッと笑ってリーダーの部屋をノックする。

片柳は純和風顔の両親を持ちながら濃いラテン系の顔立ちで、イケメンなのに振り切れた顔芸で笑いを取るボケ担当である。

ちなみに輪郭《りんかく》が昔のアルマイトの四角い弁当箱を彷彿《ほうふつ》とさせるリーダーもボケ担当で、中肉《ちゅうにく》中背《ちゅうぜい》で取り立てて特徴のない凡顔《ぼんがお》の遼太は常識人のモブ視点のツッコミを担当している。

普段からネタの練習をしに入《い》り浸《びた》っている古藤の部屋に上がりこみ、

「リーダー、新作はどんなネタ?」

と遼太と片柳は本だらけの四畳半の定位置に座る。

古藤は一瞬奇妙な間をあけて遼太をみつめてから、

「……ちょっと待ってな。茶、淹《い》れてから話すわ」

と言って立ち上がり、台所で不揃いの三つのマグカップに緑茶を注いで戻ってくる。

ふたりに手渡してから、古藤は折り畳《たた》みのミニテーブルに自分のお茶をコトリと置き、居住まいを正した。

「……あのな、すげえ言い辛《づら》いんだけど……俺、たぶん、いや、ほぼ本決まりで、エジスクを抜けることになると思う」

「……へ?」

マグカップを口に運びかけていた手を止め、遼太はきょとんとして聞き返す。

古藤は真顔だったが、よくこういう顔でボケをかますので、今回も冗談か、新作コントが『脱退ネタ』なのかと思っていると、

「……実は、おととい親父が倒れたって母親から連絡があったんだ。けど、その日『アイドルキングダム』の前説があったし、昨日は『ツギクル芸人ネタ祭り』の収録も控えてたから、すぐには帰れなくて……、それに親父はまだ死ぬような歳じゃねえし、もしかして危篤《きとく》っつってもオーバーに言ってるだけで、すぐ復活するかもって期待してたんだけど、さっきまた母親から、たぶん今日明日だろうって医者に言われたって……」

と絞《しぼ》り出すような声で言った。

「……え、今日明日って」

そのときになってやっとこれがネタじゃないとわかり、遼太は焦《あせ》って目を見開く。

「ちょ、悠長にこんなとこにいる場合じゃないだろ。早く帰らなきゃ。親父さん、きっと頑張って待ってるんだよ、おまえの顔ひと目見るのを……!」

古藤は新潟で十一代続く造り酒屋の一人息子で、十二代目を継ぐ気はあるが、三十までは猶予《ゆうよ》期間としてお笑いに挑戦させてほしいと親を説得して大学から上京してきていた。

絶対成功して、戻ってこいなんて言えないくらい売れてやる、と酔うと口癖のように言っていたが、それは父親が元気で現役でいることが前提の話で、もしこのまま父親が他界してしまったら、古藤に保障されていた期限つきの自由はきっとなくなってしまう。

グループの要《かなめ》である古藤が抜けたエジスクなんて想像もできなかったが、伝統ある酒蔵の跡継ぎの立場では、父親が急死しても家業を継がずに我《が》を通すなど許されないに違いない。

突然の話に動揺と困惑で内心パニックになりながら、とりあえずグループのことは帰ってきてから話そうと一旦保留し、すぐに三人で長距離バスの発着所まで電車で向かう。

普段ならいつでもどこでもコントの話で盛り上がる三人だが、その日ばかりは全員言葉少なで、新潟行きのバスに乗り込む古藤に「……親父さん、まだ若いし、きっと持ち直すよ」と切実な気休めを言って送り出した。

走り去っていくバスを見送りながら、遼太は近い未来に待ち受けているかもしれない不吉な結末を思い、沈鬱《ちんうつ》な溜息を零《こぼ》す。

全力でやりきったうえで鳴かず飛ばずだったら、そこまでの実力だったと諦めもつくが、道半《なか》ばで強制終了を余儀《よぎ》なくされるなんて、古藤にとっても自分たちにとっても、すんなり受け入れられることではなかった。

でも、身内の不幸という不可抗力の事情では、古藤が脱退を決めたなら反対することはできない。

遼太はもう一度やるせない溜息を吐き、隣に並んだ片柳を見上げる。

万が一リーダーが抜けることになったら、辛いけどふたりで新生エジスクを続けような、と励《はげ》ましあおうとしたとき、「遼太」と神妙な声で片柳が言った。

「……まさかリーダーに先越されるとは思ってなかったけど、実は俺も、エジスクを抜けなきゃいけない事情があるんだ」

「……え？」

片柳も普段から高い演技力でよくボケるので、リーダーの件で沈んだ空気をまぜっかえそうとして、あえて『脱退ネタ』を繰り返したのかと思った。

「もういいよ、こんなときまでふざけなくて」

遼太が苦笑すると、片柳は真顔で首を振る。

「……ほんとに続けられない事情があって……実は、まーこに子供が出来たんだ」

「……え、麻緒子《まおこ》さんに……？」

片柳には学生時代から交際している恋人がおり、一流商社に勤める彼女のほうが高給取りの格差カップルだった。

前から芸人のギャラで食べていけるようになったら結婚すると聞いていたし、デキ婚でも驚きはしないが、別に結婚したって脱退することはないじゃないか、と言いかけると、

「まーこはいいとこのお嬢だから、向こうの親が、俺がまともな職に就《つ》かないと結婚は許さないって言ってるんだ。まーこ自身は自分が仕事を続けて子供も産むから、夢を叶えてって言ってくれてるんだけど、俺だけ甘えてていいのかなとか、諦めたくはないけど、もしここ止まりでブレイクしなかったら、まーこと子供に苦労かけるし、どうすべきか悩んでて……けど、さっきリーダーの話聞いて、やっと踏ん切りがついたよ。……ごめんな、三人でてっぺん取ろうって誓ったのに」

と片柳は濃い顔を淋しげに歪《ゆが》めた。

「……」

そんな、と遼太は息を詰めて立ち尽くす。

急に足元がガラガラと崩れ落ちていくような錯覚を覚え、無意識になにかに縋《すが》ろうとして片手で宙を掻《か》く。

古藤のみならず片柳からも、なんの前触れもなく突然脱退話を切り出され、悪い夢でも見ているようだった。

ブレイクを目指して懸命に走っていたら、いきなり現れた鋼鉄の壁に全身を強打したような気分で、ショックすぎて声も出なかった。

こんな早く終わりを迎えるなんて嫌だよ、まだ辞めたくない、もっとずっと三人で一緒にやりたい、と駄々っ子のようにごねたかったが、そう言ったところでリーダーの父親が元気になるわけでも、片柳の彼女の親が気を変えるわけでもないとわかっていたので、遼太は唇をかすかに震わせながら小さく頷くことしかできなかった。

数日後、父親を看取《みと》って戻ってきた古藤から、やっぱり親族会議で家を継がないわけにはいかなくなったと告げられ、片柳も古藤に彼女との事情を打ち明け、エジスクは結成五年、デビューから三年で解散することが決まった。

古藤と片柳から、

「ごめんな、俺たちのとばっちりでおまえまで巻き添えにしちまって……。それで、おまえはこのあとどうする気でいるんだ?」

と心配されたが、

「……まだわかんないよ。突然のことすぎて、頭真っ白だし。落ち着いて考えられるまで、とりあえずバイトする……」

としか遼太には答えられなかった。

遼太は昔から芸人になりたかったわけではなく、大学二年のときに芸人志望だった古藤に熱く誘われてエジスクに加入した。

学祭に出てコントの楽しさに目覚めてからは本気で世に出たいと思ってきたが、ピンになっても芸人を目指したいのか、ほかの相方と新しいコンビやユニットを組んでも続けたいのか、心が定まらなかった。

西荻マネに解散の経緯《けいい》を報告し、今受けている営業だけはこなしてから終わりにする旨《むね》を告げると、気は変わらないのか、ほかに方法はないのかと引き留められたが、最終的には事情を汲《く》んで理解してくれた。

挨拶や諸々の手続きのために三人で代官山《だいかんやま》のジェムストーンの事務所に顔を出し、西荻にいままでの礼を伝え、古藤の実家で造っている吟醸酒《ぎんじょうしゅ》を三人で渡すと、

「……ごめんね、みんな。私の力不足でうまく売ってあげられなくて。……カニクリームサ

マーさんもエジスクはセンスがあるから絶対売れるって推《お》してくれてたのに……！」

と涙目で一升瓶《いっしょうびん》を抱きしめながら頭を下げられ、遼太たちは慌てて首と手を振る。

「いや、西荻さんのせいじゃないですよ。ずっと一番の味方になってくれて心強かったです」

自分たちにあともうすこし時間があったら、と無念だったが、雲の上の先輩芸人からも見込みがあると思われていたと聞くだけでも、すこし慰められた。

結成からいままでの思い出を走馬灯《そうまとう》のように振り返り、遼太が鼻の奥をツンとさせていると、

「将来『昔エジスクのメンバーだった』って言っても誰も知らないだろうけど、『天下のジャミーズのアイドルと一緒に仕事したことある』って言えば鉄板の自慢ネタになるし、全部西荻さんの営業努力のおかげです」

と片柳がおちゃらけた言い方で感謝を伝える。

そのとき、ミーティングルームのドアが開き、

「久しぶりだね、みんなと直接会うのは。こないだの『ツギクル芸人』、エジスク高得点だったからもったいないけど、事情が事情だからしょうがないね。いままでお疲れさん」

還暦《かんれき》を過ぎている割に若作りの宝生《ほうしょう》社長が入ってきて労《ねぎら》われ、遼太たちは急いで立ち上がって頭を下げる。

元マネージャーの宝生は、三十歳で大手のホロプロから独立してジェムストーンを興《おこ》し、新人を丁寧に育てる方針を貫《つらぬ》いて、いまや主演クラスの俳優や人気モデルなど売れっ子を多数抱

える事務所にした辣腕《らつわん》社長である。

リーダーとして古藤が代表して、

「宝生社長、初期から目をかけてくださった事務所や西荻さんに売れて恩返ししたかったんですけど、こんな中途半端なところで辞めることになって、本当に申し訳ありません」

と詫びると、宝生が首を振る。

「人生、自分の思うとおりにすべて進むわけじゃないからね。いまは不本意に思えても、腐《くさ》らずそれぞれ新しい道を頑張って。あとで振り返ったときに、この道も悪くなかったと思えるかどうかはこれからの自分次第だよ」

「はい」

軽い口調で染みる言葉をかけられ、揃ってこうべを垂《た》れて拝聴《はいちょう》しながら、遼太は自分だけがまだ新しい道が見えていないことに内心途方に暮れていた。

西荻がお笑いライブ会場で販売していたメンバーの顔をデフォルメしたロゴ入りステッカーなどのグッズや自主制作のネタDVDの余りが入った小さな箱を「これ、記念に三人で分けて」と渡してくるのをしんみりしながら受け取っていると、宝生がサングラスを軽く下げて遼太を上目で覗き見ながら言った。

「日暮ちゃん、キミはこの先どうするかもう決めたのかい？　西荻から、キミだけ進路が未定だと聞いてるけど」

遼太はハッと顔を上げ、

「……はい、それがまだ……やっぱり急だったので解散ってことを受け止め切れてなくて……、もうしょうがないってことはわかってるんですけど、心の整理がつかないというか……、すっぱり諦めようかとも思うんですけど、突然ブチッと終わった不完全燃焼感みたいのが心残りで、このまま全然笑いと関係ないサラリーマンになるべきか、別ユニットで頑張るべきか、まだ迷ってて……すいません、はっきりご報告できず……」

と正直に胸の内を伝える。

客観的に考えて、自分ひとりでは業界に残れるとは思えない。

古藤のようなゼロからオリジナルのネタを生み出す才もなく、片柳のようなインパクトのある容姿でもなく、没個性なのが個性のような自分は、エジスクの三人の中ならバランサーとしての立ち位置があったが、ピンでキャラが立つとは言えないし、なにがなんでも売れたいという野心の塊《かたまり》のような新人が犇《ひし》めいている業界で、自分程度の気持ちではとても生き残れないと思う。

新しくアクの強い相方を見つけて組ませてもらえばいいのかもしれないが、まだエジスク以外のユニットでやろうという積極的な気持ちにもなれず、宙ぶらりんの状態だった。

「そうか……」と呟いて、宝生はやや考えるような間をあけてから遼太に言った。

「じゃあ日暮ちゃん、次の道が決まるまで、しばらく付き人をしてみないかい？」

「……え、付き人、ですか……?」

意外な提案に目を丸くする遼太に宝生が頷く。

「日暮ちゃん、ほのぼのしてて人当たりがいいから、尖《とが》った先輩芸人とかにも可愛がられてたよね。誰ともぶつからないって立派な才能だし、是非頼めないかな。一旦演者《えんじゃ》になったあとで裏方なんて抵抗あるかもしれないけど、ちゃんと正社員と同等の固定給出すから。いま俳優部の樫原《かしはら》が担当してる女優が二人とも曲者《くせもの》で手がかかるんだ。付き人を雇ってもすぐ辞めちゃって続かないし、このままだと樫原とアシマネの尾崎《おざき》が過労死しちゃうから、日暮ちゃんにサポートをお願いしたいんだ」

「……はぁ……。でも俺にできるかな……」

ジェムストーンには八十人のマネージャーが在籍しているが、これまで西荻としか関わったことがなく、「樫原」や「尾崎」という人たちを知らないし、女優の付き人なんて自分にできるんだろうか、と戸惑って口ごもると、

「ちなみにその女優さんって誰と誰なんですか?」

と古藤と片柳が興味津々に食いつく。

おまえらにはもう関係ないだろ、と両肘《ひじ》でどつこうとすると、宝生がフフと思わせぶりな含み笑いをしてから告げた。

「うちの売り上げツートップ、京橋《きょうばし》きよらと五十嵐琴里《いがらしことり》だよ」

途端に古藤と片柳が目を剝《む》いて、

「マジっすか⁉　おまえっ、美味《おい》しすぎるじゃねえかよ！　キングオブモブ顔のくせにあんな美人女優たちの付き人なんて……！」

と左右からかなり本気の力で首を絞めあげられる。

そんなに羨《うらや》ましがられても、ただの付き人が女優とどうこうなるわけないし、社長が「曲者」と言うからには相当なのかもしれないし、彼女いない歴二十五年で普通の女性の扱い方もよくわからないのに女優なんてどうすれば、と狼狽しながら首絞めから逃れると、西荻がパンと両手を合わせて宝生に言った。

「名案ですよ、社長！　遼太は凡顔だけど、気が利くし賢いし性格が穏和だから、樫原ともうまくやれると思います。それに奥手で女優と間違いを起こす可能性は皆無《かいむ》だし、コントで演技力鍛《きた》えてるから台詞《セリフ》合わせの相手もできるし、バイク便や運送屋のバイトで裏道や抜け道に詳しいし、業界のことも一から教えなくても知ってるし、最高に付き人に向いてる逸材《いつざい》だと思います！」

「だよね、ボクもいまピンときたんだ」

宝生と西荻にぐいぐい話を押し進められ、

「や、付き人の逸材って言われても……」

と遼太は目を泳がせながら思案する。

自分が女優の付き人向きかどうかまったく自信はないが、なんにせよ仕事はしなければならないし、正社員並みの給料は魅力である。

いままでのバイトはいつ地方営業や突発の仕事が入ってもいいように、シフトに融通《ゆうずう》がきく登録制の派遣バイトだったので、明日からでも付き人の仕事に移れるし、元々エジスクのメンバーだから表舞台に立っていたが、本来は演者より裏方のほうが性に合っている。

がむしゃらに目指していた目標を突然失って空っぽになってしまった自分でも誰かの役に立てるなら、しばらく「樫原さん」とかいうマネさんたちのアシスタントをしてみようかな、と心が動き、

「わかりました。せっかく俺にお声掛けくださったので、付き人のお話、やらせていただきます」

と遼太は宝生に告げたのだった。

＊＊＊＊＊

「おはようございます。昨日お電話でご挨拶《あいさつ》しました日暮《ひぐれ》です。今玄関前に着きました」

付き人デビュー当日、指定された朝の三時半に樫原《かしはら》の自宅マンションに社用車で迎えに行くと、入口で待っているはずの相手の姿がなく、あれ、ここで合ってるよな、とナビを確認しながら車中から一報を入れる。

ドラマの撮影スケジュールがタイトだと聞いているから、きっと昨夜も遅かったのかも、と思いつつ返事を待つと、『悪い、すぐ行く。三分待ってくれ』といま起きたらしい地底で響くような重低音が聞こえた。

声音が怖すぎて全然詫《わ》びられた気がしなかったが、もしも遅れたのが自分のほうだったらもっと怖い声でどやされたかもしれないから、時間通りに来れてよかった、とひそかに胸を撫で下ろす。

西荻《にしおぎ》マネから仕入れた前情報では、樫原彰文《あきふみ》という人は遼太より二つ上の二十七歳、同期入社の中で最初に売れっ子タレントの担当を任された出世頭《しゅっせがしら》で、姿も良く高級車も持っているが、個人的には絶対恋人にしたくないタイプだと言っていた。

そこまで言われるほど性格が悪いのかと内心怯《ひる》んだが、別に恋人になる気はないので、なんとか仕事上恙《つつが》なくやれればいいと思っている。

昨日初めて電話で挨拶したときも、愛想も素《そ》っ気《け》もなく連絡事項のみで通話を切られたが、電話越しに聞いた声が低くてやたらいい声で耳に残り、こういう声の人はどんな顔をしているのかな、とひそかに興味をそそられた。

本日のミッションは、まず京橋《きょうばし》きよらを早朝のドラマ撮影の現場に時間厳守で送り届けることで、樫原を拾ってからきよらのマンションに迎えに行き、緑沼《みどりぬま》スタジオに五時半必着で到着しなければならない。

エジスクは送迎してもらえるほど売れても多忙でもなかったので、現場には各自公共交通機関で行っていたが、樫原の担当女優は樫原と尾崎《おざき》がそれぞれ送迎しており、これからは遼太《りょうた》がどちらかの送迎を担当することになると言われている。

昨日きよらの自宅の住所を教わってから地図でスタジオまでの最短ルートや渋滞時の変更ルートも想定してシミュレーションしたし、何事もなければ余裕で間に合うはずである。が、きよらは尋常ではない寝起きの悪さと仕度の遅さで、いくら早めに迎えに行っても遅刻寸前になること度々《たびたび》だという。普通のタレントなら一時間前の迎えで充分な場所でも、きよらの場合は倍の時間見積もっても安全ではないらしい。

樫原が下りてくるのを待つ間、道路交通情報センターのサイトで事故渋滞がないことを確かめていると、コンコンとサイドウィンドウをノックされた。

電話を切ってからまだ二分も経《た》ってないような早さに驚いて横を見ると、ひょっとしてスーツを着たまま立って寝てたのでは、と思うほどビシッと一分《いちぶ》の隙もない黒縁眼鏡の相手と窓越しに目が合った。

この人が樫原さんか……、クール眼鏡属性の人にはどんぴしゃのルックスで、仕度も驚異的に早いけど、絶対恋人にしたくないと言われてしまう人なんだ、とつい芸人根性でネタに使えそうなキャラ立ちの濃い人を見るとじっくり観察したくなる衝動に駆られる。

いや、いまはそんなことしてる場合じゃない、と急いで外に出て挨拶しようとすると、

「降りなくていい、すぐに出してくれ」

とガラス越しに低音で命じられる。

はい、と頷き、素早く隣に乗り込んできた相手がシートベルトに手をかけるのと同時に車を発進させる。

電話の声を聴いて想像した以上にシュッとした人だったけど、絶対恋人にしたくないと言われちゃうのはどんな部分なんだろう、と妙に興味を引かれてまたチラッと横目で窺いかけ、だからいまは余計な芸人根性は捨てて運転に集中しなくては、と遼太は自分に言い聞かせる。

タレントを乗せて走る責任は重大で、事故はもとより、荒い運転で車酔いさせたりするのもご法度《はっと》だと言われている。

運送屋のバイトでも鍛《きた》えられているので運転は下手ではないと思うが、きっといま隣から冷徹な視線で合格ラインかどうか運転技術をチェックされているかと思うと、緊張でハンドルを握る掌《てのひら》が汗ばんでくる。

しんとした車内の空気が四〇〇〇メートル級の頂《いただき》くらい薄く感じられる。なにか話しかけてもいいかな、まだちゃんと挨拶もしていないし、と遼太は意を決して、次の赤信号のときに隣に顔を向けてぺこりと頭を下げた。

「あの、ご挨拶が遅くなりましたが、初めまして、今日からお世話になります日暮《ひぐれ》遼太です。付き人は未経験ですが、なんでもやりますので、遠慮なくコキ使ってください。よろしくお願いします」

一応芸人をしてました、と言おうかとも思ったが、同じ事務所所属でもブレイク前にポシャったユニットのことなどよく知らないだろうし、前歴は付き人の仕事に関係ないので、あえて触れずに挨拶すると、樫原が素っ気なく頷いた。

「よろしく。とりあえず長続きしてくれればそれだけで助かる。後で京橋と五十嵐《いがらし》のなにを見ても口外《こうがい》無用という念書にサインしてもらうが、もしあのふたりに夢を持ってるならいますぐ捨ててくれ。忍耐の限界を試されるような苦行《くぎょう》の連続になるが、ファンのため事務所のために忍の一字で堪《こら》えてほしい」

「……わ、わかりました」

真顔の忠告にぎこちなく頷いて、遼太はフロントガラスに目を戻して青信号に従う。

京橋きよらと五十嵐琴里《ことり》の実像は、口止めの念書を書かされるほど公《おおやけ》のイメージとギャップがあるんだろうか。いまひとつ想像がつかないが、芸人の世界でもオンとオフでまるっきりキャラが変わる人もいたから、多少驚くような事実を知っても動じないようにしよう、と肝《きも》に銘《めい》じながらきよらのマンションに急ぐ。

自分には一生縁がなさそうな高級マンションの階上へ向かうエレベーターの中で樫原がモーニングコールをすると、案の定《あんじょう》反応がないらしく、小さく舌打ちの音が聞こえた。

結構短気なのかな、きっと自分が寝起きもよくて電話もワンコールで出るきちっとしたタイプだから、人にも同じレベルを求めちゃうのかも、と隣から観察しながら、樫原に続いてエレベーターを下りる。

きよらの部屋の前まで来ると、樫原は当然のように電子キーロックのドアを開け、勝手知ったる様子で中に入っていく。

すごい、女優の自宅にインターホンも鳴らさず無断で入る権限があるんだ、この人は、と一般人感覚で驚きつつ、遼太も遠慮がちに後に続く。

女性タレントとマネージャーが結婚する話はたまに耳にするし、これだけ私生活に介入してたら恋愛に発展することもあるのかも、と思いながらふと周りを見ると、あちこちに洋服やバッグや靴にアクセサリー、ショップバッグやネット通販の箱が散乱している小汚い室内が目に飛び込んでくる。

盗人《ぬすっと》に荒らされたアパレル倉庫のごとき有様に、これがあの京橋きよらの住まいか、と軽く衝撃を受ける。

これも口外無用のひとつなのかも、それにこれを片付けるのも付き人の仕事だったりして、とごくりと唾《つば》を飲む。でもよく見るとタグ付きの物が多いから、買ってそのまま放置してるみたいだし、男の汚部屋《おべや》やゴミ屋敷より全然マシかも、とポジティブに考えることにして、衣類の獣道《けものみち》を樫原の後に続いて進む。

寝室に辿《たど》りつくと、きよららしき女性が洋服のままベッドに突《つ》っ伏《ぷ》して死んだように寝ていた。どうやら昨夜帰った途端、力尽きて着替えもせず寝てしまった様子に見える。

樫原が鋭く舌打ちをして、

「ったく、また化粧も落とさず寝やがって。これ以上肌を老化させたら死活問題じゃねえか。この寝方じゃ瞼《まぶた》も腫《は》れるし、ほうれい線も濃くなるし、ハリと弾力が年々失われて頬のシーツ跡が取れにくいんだから気をつけろっつってんのにわかんねえ女だな。これだから職業意識の薄い奴は嫌なんだ」

とけんもほろろに毒づく。

「……」

あまりにも容赦《ようしゃ》ない毒舌に驚いて、きよら本人は爆睡してるみたいだから聞こえないかもしれないけど、売れっ子女優の面前でマネージャーがこんなボロクソ言っていいのか、と遼太はあんぐりする。

樫原は大股で部屋を横切り、デパートのコスメフロアのカウンターくらい化粧品が並んでい

るドレッサーからクレンジングクリームと円形のタオルを持って戻り、

「これ濡らして一分チンしてきてくれ」

と鼻の位置に穴の開いた蒸しタオル用のタオルを手渡してくる。

「はい」とすぐキッチンに走り、急いで戻ってくると、仰向《あおむ》けにされてもまったく起きないきよらの顔に樫原がクレンジングクリームを塗りたくり、むくみや皺《しわ》を取るマッサージを施《ほどこ》していた。

どうぞ、と遼太が蒸しタオルを渡すと、樫原は適温か確かめてからきよらの顔に乗せ、タオルで覆《おお》った上から丁寧にメイクを落としながら言った。

「日暮、このタオルを取ったらおまえの見知らぬ女が現れるが、社外秘だからな」

「え……はい」

どういう意味か咄嗟《とっさ》にわからず、きょとん顔で頷くと、樫原はタオルを外し、

「きよらさん、起きてください。起こしますよ」

と言ってから肩を抱くようにきよらの上半身を支えて座らせる。

「んん……」

ぐんにゃりしながら小さく寝ぼけ声を漏らし、目を開けたきよらの顔を見て、遼太は思わず
「……あれ？」と口走りそうになった。

テレビで見るきよらはナチュラルメイクで厚化粧には見えないが、いざすっぴんになると、

眉頭《まゆがしら》しかないのはともかくとして目のサイズがやけにコンパクトで、平素肉感的な唇もあっさりしており、見慣れた華やかな顔立ちとは別人のようなシンプルさに、（誰これ）と喉《のど》まで出かかる。

自分が凡顔なので、他人様《ひとさま》の造作《ぞうさく》を云々《うんぬん》する資格はないが、これがあの京橋きよらの素顔なのか、とまた内心衝撃を受けていると、

「きよらさん、シャワーを浴びて目を覚ましましょう。自分で行けますか？」

樫原の問いかけにきよらがかくんと頷くように再び眠りだす。

コントレベルの寝起きの悪さだ、と思いつつ見ていると、樫原が苛立ちも露《あら》わな形相《ぎょうそう》で、

「じゃあ連れていきますから、ちゃんと起きてくださいね」

と言いざまきよらを抱き上げ、風呂場まで運んでいく。

おお、あの京橋きよらを姫抱っこしてる、でもいまはすっぴんだからそんなに羨《うらや》ましくないけど、と思いながら背中を見送り、メイクで汚れた蒸しタオルを洗ったり、床に散らばった服を拾って椅子の背にかけていると、樫原が風呂場から戻ってきた。

「お疲れ様です。あの、すこし部屋片付けちゃったんですけど大丈夫でしょうか？　まだ京橋さんにご挨拶も済んでないし、勝手に触ったらマズいかなとも思ったんですけど」

ぼけっと待っているより片付けたほうがいいのかと思ったのだが、ごちゃごちゃに見えても彼女なりの法則があるのかもしれないので確認すると、

「いや、どんどんやってくれ。やってもやっても元に戻される徒労《とろう》の極みだが。片付けられない女のくせに、ストレス発散にしょっちゅう爆買いするんだ。一度に百万くらい平気で買うから、すぐこういう状態になっちまう。ただ、何をどのへんにしまったか覚えとかないと、突然あの服どこやったと電話で叩き起こされることもあるから気をつけろ。風呂から出てきたら紹介するが、もし十五分経っても出てこなければ、風呂場の床で寝こけてるから踏み込まなきゃならん」

よくあることらしく、仏頂面《ぶっちょうづら》でそう言いながら、樫原も服を拾って衣装部屋に運ぶ。

あらかた片付け終わると、樫原が冷蔵庫から豆乳やバナナ、黄粉《きなこ》と黒ゴマと青汁の粉などを取り出してきよらの朝食用ドリンクの材料をミキサーに入れ、腕時計を見て眉間の縦皺を深くする。

「……やっぱり寝たな。ったく、毎回手間かけさせやがってあのアマ。うちのトップ女優でさえなかったら、往復ビンタかボコボコに蹴《け》りあげて起こしてやりてえぜ」

またボロクソに毒づいて、上着と靴下を脱ぎながら風呂場に足早に向かう樫原の背を目で追う。

……たしかにものすごく口悪いけど、一応面倒見はいいし、本人への言葉掛けや扱いは丁寧だから、罵倒《ばとう》はあの人のガス抜きとして必要なのかもしれない、といちいち驚かずにスルーすることにする。

しばらくして脱衣室からブオーとドライヤーの音が聞こえだし、「やっとまともに覚醒した……」とやや疲労した声で呟きつつ、樫原がまくった袖《そで》を直しながら戻ってくる。

床から助け起こすときにシャワーがかかったらしく、濡れた前髪が額に下りていた。レンズも濡れたようで眼鏡を外して水滴を拭《ぬぐ》う相手の顔は黒縁眼鏡があるのとないのでだいぶ印象が変わり、こっちもイケメンだな、とついじっと見つめてしまう。

ん？　と眼鏡を掛け直した相手に凝視の意味を問われ、遼太はハッと我に返る。

自分が凡顔なのでつい興味深く観賞してしまいました、とか、芸人時代の習性で人物観察するのが癖なんです、などどっちの事実を言っても変に思われそうで、

「……えっと、シャワー中に寝ちゃったきよらさんを起こしたときに身体を見ちゃったのかなと思って……、でもその割に随分クールだなと」

とふと湧いた疑問を口にする。

樫原はフンと鼻を鳴らし、

「商品の身体なんか見たってなんの感慨もねえよ。あいつはショーモデルもしてたからスタッフの前で着替えるのに慣れてていちいち恥じらったりしねえし、こっちだって、日頃面倒かけられまくってる女の裸なんか見てもありがたくもなんともねえ。個人的にも吐いて体型保ってる痩《や》せ過ぎの身体は趣味じゃねえし、俺はもっと肉付きがいいほうがいい」

とけちょんけちょんにこきおろす。

なるほど、この人にとっては女優の裸体も役得でもなんでもないのか、なんかもったいないというか、感動が薄いというか、この人は担当タレントと恋愛なんて絶対しないタイプなのかも、と思っていると、カチャリとバスルームのドアが開いた。

バスローブを着て出てきたきよらに、

「初めまして、今日から付き人をさせていただきます日暮りょ」

と挨拶しかけた遼太を遮《さえぎ》り、

「待って、メイク終わってからにして」

と両手で庇《ひさし》のように顔を隠しながらきよらが寝室に駆けこんでいく。

仕度が遅い理由は、すっぴんから完成形に仕上げるまでの工事メイクに時間がかかるからなのか、とやっと事情がわかったが、樫原が何度も腕時計に目を走らせてイライラを募《つの》らせているのを見て、遼太はなんとか速攻で出発できるようにいまのうちにできる準備を進める。

さっき片付けた衣装部屋から服を用意し、樫原が作った朝食用ドリンクを車中で飲めるようにボトルに移しかえる。

三十分後、突貫《とっかん》工事の終わった完成形で現れたきよらに遼太はダッと服を持って突進し、がばっとお辞儀《じぎ》しながら言った。

「今日からお世話になります日暮遼太です。ずっと京橋さんのファンでした。早速ですが、おしゃれ番長として名高い京橋さんに差し出がましいんですが、今日は俺のコーデを着てもらえませんか？　『ふつうで特別な日』の真凛《まりん》役がすごく素敵だったので、真凛さんぽい服を選ばせてもらいました」

これ以上洋服選びに長々時間をかけられたら遅刻は必至なので、ファンを装《よそお》って時間短縮を狙う。

琴里ときよらの付き人になると決まってから、一応出世作や人気作をざっとダイジェストでチェックしておいたので、ヒットした主演映画の役名を挙げて信憑性《しんぴょうせい》を出すと、

「あら、そうなの？　君、えっと、日暮くんだっけ？　じゃあいいわ、それ着てあげる」

ときよらは機嫌よく遼太の手からハンガーを受け取って着替えに行く。

これで何分か稼《かせ》げたかも、とホッと息を吐くと、樫原が意外そうに言った。

「おまえ、なかなか手際いいな。ぽうっとした顔してるから、もっととろくさくて使えない奴かと侮《あなど》ってたが、その調子で頼む」

一応誉めているニュアンスも感じたので笑顔で「はい」と頷くと、樫原が思い出したように付け足した。

「そういや、おまえ、ぽうっとした顔でツッコミやってたもんな。たしかに瞬発力やアドリブ力がないとできないよな、あれは」

「え……？」

まさか相手からエジスクの話題を振ってくるとは思わず、遼太は驚いて樫原を見返す。

「……樫原さん、見てくれたことあるんですか？　俺たちのコント」

おずおず確かめると、樫原は当然のように頷いた。

「そりゃあるに決まってんだろ、うちの所属だったし。ほら、あのネタとか笑ったぞ。おまえがお堅い父親を持つ女子大生に扮《ふん》して、親の不在中に彼氏を部屋にあげたら親が帰ってきちゃって慌ててクローゼットに隠したら、古代エジプトに繋がってて、親が開けるたびに濃い顔のファラオが出てきちゃうネタ、意味わかんねえけど掛け合いが絶妙で、すげえおかしかった。……残念だったな、解散になって」

「……」

とてもお笑いなど見そうにない相手の口から出た言葉が、クールな口調でも本当にネタを楽しんでくれて、解散を惜しんでくれているように聞こえたから、意外すぎて、嬉しくて、危うく泣けてきそうになった。

突然の解散からずっと泣きたくても泣けなかったのに、いまはじわりと目の奥が熱くなって、本格的に泣いてしまいそうで遼太は焦《あせ》る。

この人にも見てもらえて、笑ってもらえたのなら、成功まで辿りつけなくても無駄じゃなかったし、エジスクをやっててよかった、と改めて感じられ、これ以上涙が出てこないように急いで瞬《まばた》きを繰り返して誤魔化《ごまか》す。

エジスクを認めてくれた相手は信じるに値《あたい》すると単純に判定し、もしこのさき付き人の仕事がどんなに大変でも、くじけずこの人についていこうと遼太は決める。

着替え終えたきよらを車に乗せ、朝ぼらけの道を慎重かつスピーディーに駆け抜け、タイムリミット寸前にスタジオに滑《すべ》り込む。

毎回こんな綱渡《つなわた》りなのか、と冷や汗をかきつつ、無事ミッションをクリアできた達成感もあり、遼太は晴れ晴れした笑顔できよらの荷物を抱えて控え室に向かう。

壁を隔《へだ》てたむこう側には撮影中のドラマのセットがいくつも組まれ、天井のないきよら演じる主役の勤める弁護士事務所の入口部分、執務室、法廷内部、弁護士仲間の行きつけの居酒屋、主役の自室などが隣り合わせに並んでいる。

控え室に着くと、共演者たちが挨拶にやってきて、遼太はまた一般人感覚で〈うわぁ、本物……！〉とミーハーな気分になりながら、役者のマネージャーたちに「付き人の日暮です」とその都度挨拶し、名刺を受け取る。

役の衣装に着替えてヘアメイクも終えたきよらがスタジオ入りすると、「京橋きよらさん、入りまーす」という掛け声を合図にリハーサルが始まる。

現場がスタートすると、撮影スタッフと役者以外はスタジオから出されて別室に移動し、担当タレントの演技をモニターから眺める。

しばらくするとアシスタントプロデューサーとＡＤが出来上がったばかりの次回の台本を配りにきた。

受け取った台本を開き、樫原が猛然とペンを入れはじめたので、なにを書いてるんだろ、演技のアドバイスかな、と思いながらそろりと隣から覗くと、樫原はきよらの台詞のすべての漢字にルビを振っていた。

遼太の視線に気づいて、樫原が言った。

「社外秘だが、京橋はまともに漢字が読めない。十二歳でデビューしてるから、一応堀米《ほりごめ》高校芸能科まで出てるが、ほとんど通えなくて、ルビなしで読める漢字が小学生止まりなんだ。だから毎回本人に渡す前にこの作業が必要で、今後おまえにもやってもらう。今回はＩＱ百七十のアメリカ帰りの弁護士役だから、法律用語と英語が多くてルビ振るのもひと苦労だが、この役は京橋の今後のキャリアに絶対プラスになるし、なんとしてもうまく演じさせてやらなきゃならん」

スマホで難読《なんどく》の専門用語の読み方を確認しながらルビを振っていく樫原を見つめ、遼太はひそかに相手を見直す。

今朝から何度も「あのアマ」などと暴言を吐いていたので、きよらに対してなんの好意も敬意もないのかと思ったが、ちゃんと女優としてのキャリアアップのために心を砕《くだ》いて押し上げようとしている様子を見て、この人は口ほど悪い人じゃないのかも、と思えた。

遼太は「俺もやります、法学部だったんでちょっとわかるかも」ともうすこし近くに椅子を寄せ、「俺が見開きの左側やりますから、樫原さんは右のページやってもらえますか？」と並んで一緒にルビ振り作業をする。

「この読み、これで合ってるか？」「たぶん大丈夫だと思います」などと顔を寄せあって作業をしていると、事務所のチーフマネージャーから樫原に電話が入る。

ジェムストーンには俳優部、芸能部、アーティスト部があり、それぞれチーフマネージャーが樫原たち現場を任される八十人のマネージャーを統括《とうかつ》している。

樫原がチーフとやりとりしながら分厚い手帳をめくり、「そこは動かせませんが、次週の火曜の午後なら」などと新しいオファーのスケジュール調整をしているのを小耳に挟みつつルビを最後まで振ると、電話を切ってから樫原が言った。

「日暮、今日は一日撮影だから、駅ビルで休憩時間用の差し入れを買ってきてもらえるか？スタッフ六十人と共演者十二人と予備で八十個、安過ぎずバカ高くもないものを見繕《みつくろ》ってきてくれ。できれば『きよらさんの差し入れ、超美味《おい》しかった～』と共演者がＳＮＳに上げたくなるようなものをチョイスしてくれるとありがたい。領収書は事務所の名前で頼む」

「……わ、わかりました。行ってきます」

次なる高度なミッションに内心うろたえながら、経費を受け取って控え室を出る。

入口で新しいＩＤパスをタッチさせて一旦スタジオを出ると、最寄りの駅ビルのデパ地下に向かう。

ものすごく甘い物好きの食いしん坊と思われそうですこし恥ずかしかったが、目ぼしいものを片っ端から試食させてもらい、見た目が綺麗で味もよかった四種類を計八十個買い、崩れないように気をつけながら車に乗せて急いでスタジオに戻る。

幸いどれも演者《えんじゃ》やスタッフに好評だったのでホッと安堵しつつ、今後は自分でも普段からどこのなにが美味しいかチェックするようにして、担当タレントの株を上げられるようないい差し入れができるように準備しておこう、と遼太は思う。

遅い休憩で控え室に戻ったきようにお茶やローカロリーの茶菓子を差し出しながら、

「お疲れ様です、いまの法廷シーン、めちゃくちゃかっこよかったです！　俺もコントやってたので、ネタで仏顔《ほとけがお》の悪徳弁護士に扮したことあるんですけど、もっと短い台詞でも噛んじゃって大変だったんです。けど、京橋さんはあの長台詞を淀みなく完璧に自分のものにされてて、迫真の演技に鳥肌が立ちました！」

以前から演技のうまい女優だと思っていたが、実は漢字に弱いという事実を知ってから見ると、どれだけの努力と根性で膨大《ぼうだい》な台詞と戦って演じているか胸に迫《せま》り、熱く絶賛してしまう。

よっぽどのファンだと思われたらしく、それ以来遼太はきように気に入られ、台詞の読み合わせの相手をしながら肩や腰や足を揉《も》まされたり、爆買いのお供をさせられたり、レストランで自分が食べたくて注文した何品もの料理を自分は味見程度しか口にせず、「いっぱい食べて。遼ちゃんが食べるとこ見ると、自分がちょっとしか食べられなくても満足できるの」と残りを全部食べさせられたりした。

これも付き人の仕事なのかな、と疑問に思うことも中にはあったが、基本的に人に喜ばれることをするのが好きな性分なので、やっぱり社長や西荻の言う通り、自分はちょっと付き人に向いてるかもしれない、と思いながら遼太は日々の仕事に勤《いそ》しんだ。

＊＊＊＊＊

「おまえ、初めて会った頃よりだいぶころころになったたな」

ある日、五十嵐琴里《いがらしことり》を迎えに行く車中で隣から樫原《かしはら》にしげしげ眺められ、遼太《りょうた》は薄く赤面して弁解する。

「……すいません、うち油断すると太る家系なもので、めっきり肥《こ》えちゃって。付き人になる前は食費にそんなに金かけてなかったんですけど、いまはコンビニやデパ地下で差し入れに使えそうな新製品が出ると試しに味見したりしてるし、きよらさんに普段自分じゃ行けないようなお店でどっさり注文されて食べろ食べろって言われると、全部美味《おい》しいから残せなくて。だからこの頃前のジーンズがきついんです……」

へどもど言い訳しながら、ふと、「この世界はイメージがすべてだ」と樫原がよく口にしているのを思い出し、もしかしてタレントだけじゃなく裏方にも見栄《みば》えの良さが求められるんだろうか、と遼太はハッとする。

「……あの、もしかして、凡顔《ぼんがお》でブタるとダサさ倍増だし、身も細るほど多忙な女優の付き人感が出ないから、太ると付き人クビとかいう暗黙の掟《おきて》があったりします……？」

おそるおそる訊ねると、樫原が珍しく口許《くちもと》を苦笑の形に吊り上げた。

「なんでだよ、モデルじゃねえんだから、太ったらクビなんて言うわけねえだろ。それに俺の尺度《しゃくど》ではおまえはまだブタじゃねえ。ちょっとふくよか程度だから、安心して食え。京橋《きょうばし》もおまえがなんでもうまそうに食うのを見ると癒されるみたいだし」

「……はぁ」

じろじろ見ながら『ころころになった』なんて言うから、裏方でも見苦しいから痩《や》せろと言われるのかと思ったら、もっと肥えろみたいなことを言われてしまった、と戸惑っていると、

「それに、いままで組んだ付き人の中でおまえが一番使えるし、やめられたらこっちが困る」

と二人分のスケジュールがびっしり書き込まれた手帳に目を落としながらぼそっと付け足され、遼太は（え……）と驚いて隣を窺う。

樫原は担当タレントにも簡単にお愛想《あいそ》の誉め言葉を並べないタイプで、普通の出来なら「ま

あ合格点でしょう」とか「無難でした」などクールな感想のみで、いまいちの出来ならどこがマズかったか的を射た具体的なダメ出しの嵐、本当にいい出来だったときだけ「すごく良かったです。感動しました」と伝えるので、貴重な本気の誉め言葉欲しさに担当タレントは平素の塩対応に耐えて奮起《ふんき》するらしい。

遼太もあっさり術中《じゅっちゅう》にハマり、（やった、初めて樫原さんに誉められた！）と内心テンションを上げる。

まもなく着いた琴里のマンションの地下駐車場に行くと、すぐに帽子で顔を隠した琴里が乗り込んでくる。

琴里はきよらと違って時間に正確で、前日に出発時間を伝えておけばちゃんと仕度を済ませて、部屋から地下に下りてロスなく車に乗り込めるように待機していてくれる。

その辺はきよらと違って楽なのだが、琴里にはほかに対応に苦慮《くりょ》する問題があった。

きよらは仕事のストレスを爆買いで発散するタイプだが、琴里は奔放《ほんぽう》な異性関係で晴らすタイプで、妻子ある男を含む五人と同時進行で交際しており、密会のたびにマスコミに嗅《か》ぎ付けられないよう遼太がその日琴里が望む男の元へ送り届け、事後まで待って自宅に連れ帰らなければならない。

清純派女優として人気の琴里の乱行《らんぎょう》が世間にバレたら命取りなので、樫原が再三諭《さと》しているが、「じゃあ樫原さんが相手してくれる？　……なーんて、もっと年上じゃないと私がイヤ」

などと煙《けむ》に巻いて男遊びを改める気配はない。

琴里の父親は幼い頃に蒸発しており、当時ホステスだった母親の交際相手に虐待《ぎゃくたい》を受けていた過去もあり、その辛《つら》い体験から理想の父性を追い求めてしまうようになったらしい。

私生活は乱れているが、容姿と才能に恵まれた女優で、いまも少女の頃守ってくれなかった母親に送金を続けている健気《けなげ》な面もあるので、女優としての成功だけでなく、ちゃんと本気で愛し愛される相手を見つけて幸せになってほしいと遼太は願う。

が、いま自分にできることはわずかしかなく、なるべく仕事上のストレスを減らせるよう配慮することと、裏の顔がマスコミにバレてせっかくの才能が潰されないように、不本意ながら密会に協力することしかできなかった。

調布《ちょうふ》の撮影所に着き、三人で琴里の楽屋に向かう途中、樫原がプロデューサーに打ち合わせで呼ばれた。

琴里と楽屋に入ると、仕事はストイックに取り組む琴里が今日撮るシーンに付箋《ふせん》をつけた台本を開き、遼太に笑みかけた。

「遼太、喉が渇いたからお茶買ってきてくれる？　『ほーい、お茶』のあったかい玄米茶《げんまいちゃ》がいいな」

完璧に純真そうな笑顔に（来たな）と身構えながら、「わかりました」と遼太も笑顔で頷き、速攻で自販機まで走ると、琴里は軽く吐息を零《こぼ》し、「ごめんね、待ってる間に『午後の緑茶』

の気分になっちゃった。買い直してきて？」とさらりと言い、「はい、いますぐ」ともう一度買ってくると、「やっぱり昨夜《ゆうべ》あんまり寝てないから、エナジードリンクで気合入れたほうがいいような気がするの。もう一回頼める?」などと何度も繰り返され、メイクルームに呼ばれるまでに計八回買い直しに行かされた。

席を外していた樫原が戻ってきて、テーブルに元々用意されていた飲み物以外にずらりと並んだ多種類のペットボトルや缶を見やり、

「……またパシらせやがったのか、あのアマ」

と額にうっすら青筋を浮かべる。

遼太は急いで両手を振り、

「たいしたことじゃないので、そう怒らずに。琴里さん、今日はちょっと虫の居所が悪いんだと思います。昨日、成田《なりた》リラさんの主演作がカンヌで賞取ったので心穏やかじゃないのかな、と。デビュー当時にさんざん苛《いじ》められて共演NGの天敵だって言ってたし。スタッフさんたちの前でふてくされちゃうより、俺に我儘《わがまま》言って気が紛《まぎ》れるならお安い御用だし、俺も自販機までの往復でいい運動になりましたから」

カロリー消費したようには見えないでしょうけど、と笑ってとりなすと、樫原はまだ眉間《みけん》の縦皺《たてじわ》を解かずに言った。

「おまえの堪忍袋《かんにんぶくろ》が驚異的に頑丈《がんじょう》だから助かってるが、あいつは特に理由なんかなくても相手

を試すような真似するだろう。ったく、あいつの付き人イジメと密会幇助に嫌気がさしていままで何人辞めてったか。……頼むからおまえは辞めてくれるなよ」

眼鏡越しの目力の強い視線で念を押され、この人から辞めてほしくないとか、頼りにしてるみたいな言い方をされるとなんて気分がいいんだろう、と遼太はひそかにこそばゆさと誇《ほこ》らしさを覚える。

琴里が戻るまで、樫原にもしばしの休息を取ってもらおうと備え付けの湯呑《ゆのみ》でお茶を出し、「俺は簡単には辞めませんから大丈夫ですよ」と言おうとしたとき、樫原がやや溜めるような間を空けてから言った。

「そろそろ聞こうと思ってたんだが、おまえはまだ芸人に戻りたいって思ってるのか？　最初に社長からおまえを付き人にって言われたとき、新しい相方を見つけるかピンで行くか、次の方向性を決めるまでの腰かけ的な話だったんだが」

突然自分のことに言及され、

「あ……えっと、それは、たしかにそういう話だったんですけど……」

と遼太は口ごもる。

付き人になってかれこれ三ヵ月が経つが、ほとんど休みもなく毎日樫原と尾崎《おざき》と琴里ときよらの間で行ったり来たりしながら役目をこなすのに精一杯で、自分の進路のことなどじっくり考えている暇はなかった。

元々ピンで生き残るのは無理だと思っていたし、いま改めて考えてみると、この三ヵ月の間に芸人への未練はなくなっていることに気づく。

代わりに、いまはこの仕事をもっと頑張りたいという気持ちが強くなっている。

社長に頼まれてなりゆきで始めた付き人業だが、初めて組んだのが樫原という敏腕《びんわん》マネと、琴里ときよらというスター女優で、それぞれ性格や素行《そこう》に問題があってもプロフェッショナルとして尊敬でき、彼らのそばでもっと一緒に働いて刺激を受けたいし、向いている気もする。

樫原は目を伏せて考え込んでいた遼太の顔を覗き込むように軽く顔を傾《かし》げ、言葉を継いだ。

「おまえがどうしても芸人の道を諦めきれないっていうなら止めないが、こっちの仕事を本業にしてみる気はないか？　うちは付き人はマネ見習いの扱いで、仕事ぶりが良ければアシマネに昇格できるし、いずれ正マネージャーやチーフになるチャンスもある。よそではタレントをどう売るか上が会議で決めるところが多いが、うちは担当マネの自由裁量《さいりょう》にある程度任されてるから、難しいがやりがいもある。おまえにその気があるなら、推薦してやるぞ？」

「……え？」

まさかのスカウトに驚いて遼太は目をぱちくりさせる。

数秒、もし付き人からマネージャーになれたら樫原と対等な同僚になれるのか、とすこし心が揺らいだが、日々樫原の仕事ぶりをそばで見てきて、自分にはタレントの価値を高めるためにどんな仕事をさせるか戦略を考えたり、タレント自身も気づかない潜在能力や魅力を引き出したり、十年二十年先を見越して売れ続けるための策を練るプロデュース能力はないように思う。

同じ縁の下の力持ちでも、自分は一度演者側《えんじゃ》も経験したことで、タレントがどんなときになにをしてほしいか、なにを言われたら元気が出たり、緊張が和《やわ》らぐかなどすこしは気持ちがわかるので、マネジメント業よりタレントの心に寄り添っていい仕事ができるようフォローする付き人のほうが力を発揮できる気がする。

遼太は目を上げて、樫原を見つめて頭を下げた。

「ありがとうございます、そんな風に言ってくださって。実はあれから相方探しも全然してなくて、芸人のほうはもう潮時《しおどき》かなと思ってるし、ちゃんと社員になれたら助かりますけど、でも俺、自分の判断でタレントさんの将来を左右するような、ひいてはタレントさんの実人生にも関わるような決断をするって荷が重いし、付き人のほうが向いてると思うんです。上昇志向がないと思われちゃうかもしれないですけど、適材適所というか、俺にできることでタレントさんをすこしでも支えられたらなって、いまは思ってて」

正直に答えると、樫原は二、三度瞬《まばた》きしてから平板《へいばん》な声で「そうか」と呟く。

「それならそれでいいが、じゃあ、もう本当に芸人への未練はすっぱり消えたのか？」

重ねて確かめられ、遼太はこくりと小さく頷く。

「はい。やっぱり、俺の中でエジスクが解散したときにその夢は終わってたみたいで、いまはこの仕事を頑張りたいと思ってます」

それに、と前置きして、

「生意気かもしれませんけど、俺たち、ふたり揃ってたほうが仕事がうまくいくと思いませんか？　樫原さんはタレントさんを容易《たやす》く誉めないけど、俺は経験上いっぱい誉められたほうが自信つくと思うから、出し惜しみせず誉めるし、俺はタレントさんを『商品』として客観的に見れないけど、樫原さんは一線引いて必要なら厳しいことも言えるし、樫原さんがぴりっと締めたら俺が慰めたり、どっちかだけじゃ足りないけど、一緒だとちょうどいいんじゃないかなと思うんですけど」

とさりげなく自分の有用性《ゆうようせい》をアピールして、これからも一緒に働きたいという気持ちを伝えてみる。

樫原はしばしの間のあと、またかすかに目許《めもと》を緩《ゆる》め、クールな中にも温度を感じさせるトーンで言った。

「そうだな、飴《あめ》と鞭《むち》でちょうどいいかもな。……俺はコントの相方にはなってやれないが、仕事上のコンビにならなれるから、おまえの新しい相方は俺だと思って、これからも力を貸してくれ」

「……は、はい……！」

「新しい相方」と樫原が言ってくれたことが嬉しくて、遼太は声を上ずらせて大きく頷く。

わざわざ探さなくても相方はこんな近くにいたんだ、と心が浮き立つ。

ネタをやらなくても樫原と自分は並んだビジュアルからして凸凹コンビでコントっぽいし、毒舌のフォローはちょっとツッコミに近いし、結構立派な新ユニットかも、と遼太は胸を弾《はず》ませる。

やっと見つけた新しい道と新しい相方に満足して、遼太は改めてこの仕事を頑張ろうと気合を入れ直したのだった。

＊＊＊＊

その後すぐに樫原《かしはら》はバイト扱いだった遼太《りょうた》をジェムストーンの正社員になれるよう動いてくれた。

ただの口約束ではなかったことが嬉しくて、遼太は一層《いっそう》樫原がスムーズに動けるように先読みしてこまめに働いた。

徐々にお互いに仕事のこと以外にも個人的な話をするようになり、夜中まで仕事で翌朝も早いときなど、どちらか近いほうの家に泊まったりするようにもなった。

初めて「うちに泊まってくか？　どうせ三時間後に会うし、一分でも長く寝られたほうがいいだろ？」と言われたときは内心驚いたが、それだけ懐《ふところ》に入れてもらえたようで嬉しかった。

相手の部屋は主《あるじ》に似て無駄なものが一切なく、きちっとしているがビジネスホテルめいた素っ気ない印象で、親密な第三者の存在を感じさせるようなものも見当たらなかったので、樫原さんにも恋人はいないみたいだ、と勝手に親近感を抱く。

お互いの部屋に泊まり用の着替えを常時置いておくようになった頃には、いつもダークスーツで決めている相手が実は私服のセンスが悪いことや、ほとんど乗る機会もない高級車は最初に担当した女優から番組のダーツで当てた車を「私免許持ってないからあげる」とポンと譲《ゆず》られたものだとか、飛行機はなるべく避けたいくらい苦手なことや、昔クイズ研究部の部長で高校生クイズで優勝したことがあることや、いままで既に売れっ子のタレントを前任者から引き継ぐ形で担当しているので、いつか自分で発掘した新人を映画史に残るようなスターに一から育ててみたいという夢など、相手のいろんなことを知った。

表向きのクールで辛辣《しんらつ》で無愛想な面以外のひととなりも知ってみると、絶対恋人にしたくないと忌避《きひ》されるほどひどい人ではないとわかったが、遼太はなんとなく、それを知る人間はあまり多くなくていい、むしろ自分ひとりくらいでちょうどいいかもしれない、とひそかに思っている。

樫原は忙しい仕事の合間のわずかな空き時間でもベストセラーを読んだり、話題のドラマや映画を観て、琴里《ことり》やきよらがトークで話を振られても困らないように内容を伝えたり、山のように届くオファーの候補作のシナリオや原作に目を通したり、新しく組む予定のプロデューサーや監督や脚本家が過去に手掛けた作品をすべてチェックして分析したり、自分のために使う時間はほぼないので、恋人なんかいたら邪魔なだけだろうし、身がもたないと思う。

それにこの環境で文句も言わずにつきあえる相手は、外国にいてたまに帰国するような遠距離の相手か、同業者でよっぽど仕事に理解がある人じゃないと、いずれ「もっと会いたいのに、私と仕事、どっちが大事なの⁉」という修羅場《しゅらば》になる気がする。

そんなことをつい考えてしまったのは、アシマネの尾崎《おざき》から、

「日暮《ひぐれ》さん、俺彼女ができたんですよ〜。琴里さんの前クールのドラマで音効やってた真美香《まみか》ちゃんって子なんですけど、めっちゃ可愛くて猛プッシュしてたんです。ずっとつれなかったんですけど、こないだやっとOKしてくれて〜」

ときよらを迎えに行く車中で浮かれきった報告をされたからだった。

今週は樫原は琴里の映画のロケに同行して奈良に一週間滞在中で、遼太は尾崎と共に東京できよらのフォローについている。

「へえ、よかったね、尾崎くん。おめでとう」

運転しながら笑顔で返し、こんな環境でも作ろうと思えば恋人作れるんだな、てことはもしかしたら樫原さんにも実はちゃんと恋人がいたりして、とふと思い、なぜか無自覚に眉根が寄る。

そんな話は聞いていないけど、だいぶ親しくなったつもりでも、まだ恋人の話をするほど気を許されてなかっただけかもしれないし、こっちが聞かなかったからわざわざ話さなかっただけかもしれない。

どうしてかいますぐ樫原の恋人の有無《うむ》をはっきり知りたくてたまらなくなったが、こんなことをロケ先の樫原に電話やビジネスチャットで聞くわけにもいかない。遼太は何気なさを装《よそお》って、

「えーとさ、尾崎くん、樫原さんには恋人っているのかな。そういう話聞いたことある?」

と自分より樫原と長いつきあいの尾崎に探りを入れる。

尾崎はあっさり首を振り、

「いや、ないっす。樫原さん、雑談とか俺としてくれないんで。なんとなくですけど、結構理想が高そうだし、Sっ気もありそうだから、普通の恋人はいないんじゃないですかね。なんか懇意《こんい》の編成局長とかと一緒に高級な風俗行ってプロのお世話とかになってそう」

と本人がいないのをいいことに、言いたい放題言いだす。

いや、あの人はぽっちゃり系が好きらしいから理想はそんなに高くなさそうだし、Sっぽく

見えるだけで性癖がそうとは限らないし、忙しいからそんなとこ行ってる暇ないんじゃないかな、とフォローしようとすると、尾崎がまた軽薄な口調で続けた。

「俺、最近ちょっと勘ぐってるんですけど、樫原さんて、琴里さんの伽《とぎ》の相手務めてるんじゃないですかね。琴里さん、こないだ社長直々《じきじき》に五股《ごまた》やめなきゃ契約打ち切るって厳しく言われて男関係全部清算したじゃないですか。けど、ぶっちゃけ琴里さんってセックス依存症レベルだし、樫原さんなら手っ取り早くてバレにくくて口止め料も不要だから、きっと奈良でも身体張ってあげてんじゃないかなって」

「……尾崎くん、憶測でそんなこと口にすべきじゃないし、ふたりに失礼だよ」

ぺらぺらと口の軽い尾崎をやや尖《とが》った声で窘《たしな》めつつ、遼太はひそかにその可能性を検討してみる。

枕や伽という隠語をこの業界で耳にすることはあるが、女性タレントの欲求不満を解消するために男性スタッフが相手をするという行為をあの樫原が引き受けたりするだろうか、と遼太は口を引き結んで考え込む。

こう言ってはなんだが、樫原は人気女優を「商品」と言い切って憚《はばか》らず、女性として見ていないし、仕事以外では意外と面倒くさがりだから、奉仕一辺倒《いっぺんとう》の性接待を望む相手とうはうはベッドを共にするとも思えない。

万に一つも自分にその可能性はないし、童貞だからうまく奉仕しようにもできないが、もし自分が女優に伽を頼まれても、愛もなくそんなことはしたくないし、ちゃんと断ってほかの方法で慰める努力をすると思う。

……でも、樫原はタレントに気持ち良く仕事させてベストなパフォーマンスを引き出すのが俺たちの仕事だとよく言ってるし、いい仕事をさせるためなら感情抜きで身体を気持ちよくしてやることも厭《いと》わないかもしれない。むしろそれくらいでタレントが素直に働くならちょろいもんだとか言いかねない気もする……。

琴里も前に「樫原さんが相手してくれる？」と冗談っぽく口にしていたし、あれが実は本音だったとして、地方のロケ先なら東京ほどマスコミの目も光ってないし、ホテルの部屋も隣同士だし、樫原も男だから、すっぴんでも美人の琴里に迫られたら悪い気はしなくて、そういうことになってもおかしくないかも……。

マネジメントに必要だと思えばどんな努力もする人で、自分のプライベートよりタレントのために全時間を注ぎ込む仕事ぶりを尊敬していたが、もし本当に伽までしてたらかなり見損《みそこ》なうし、なんかすごく不愉快な気がする。

まだ仮の話で事実かどうかも不明なのに、胸に湧き上がるもやつきを抑《おさ》えきれずにいたとき、車内にダースベイダーの着メロが鳴った。

出会った当初に選曲したまま変えていない樫原からの電話をスピーカーで受けると、

『日暮、悪いんだが、いますぐ五十嵐《いがらし》の地元の日の出通り商店街に行って、「島影《しまかげ》商店」という総菜屋《そうざいや》のいなり寿司《ずし》を一パック、新幹線で午後イチで届けてくれないか。あいつ、宇和島《うわじま》監督のスパルタな演技指導に音《ね》を上げて、ソウルフードのおいなりさんを食べなきゃ立ち直れないって風呂場に立て籠《たこ》もりやがった。一応高熱と下痢《げり》で起き上がれないことにして半日オフにしてもらったんだが、それ以上は無理だから、なんとか頼む』

と苛立ちと焦《あせ》りの滲《にじ》む重低音が車中に響く。

東京―奈良間のいままでとはスケールの違うパシリに呆気に取られたが、公共の場所のロケは使用許可を受けた時間以外延ばせないので、病気だろうとなんだろうと死んでない限り予定通りやることをプロの役者は求められる。今回はきっと樫原が監督やスタッフに頭を下げまくってなんとか他のシーンを先に撮るなど調整してもらったに違いなく、これ以上のひきこもりをさせないためにも絶対にこのミッションをクリアしなければ、と遼太は「わかりました」と即答する。

伽をしたのかどうかなんて今は追及してる場合じゃない、と遼太は急いで車を路肩に停め、きよらの寝起きの世話を尾崎に託して車を降り、タクシーを拾う。

スマホで検索した島影商店の若主人のツイッターに連絡していなり寿司を取り置きさせてもらい、二パック入手すると、その足で新幹線に飛び乗って奈良に向かう。

ここまでして、もし以前やられた飲み物の買い直しのような、自分にどれだけ構ってくれるか試すような目的だったら切ないが、本当にこれで元気が出るかもしれない。

それに、もし樫原が身体で接待して琴里を慰めているなら、ここまで傍迷惑《はためいわく》な我儘《わがまま》を言わなくてもうちょっと情緒が安定しているような気もするし、半分くらい樫原の潔白を信じていいかもしれないと思いながら、自由席でしばしの仮眠を取る。

奈良駅からホテルに直行すると、ロビーで待っていた樫原に「ほんとにすまん、こんな理不尽な使いさせて」と詫《わ》びられ、壮大なパシリの苦労がその言葉で報《むく》われた気がして遼太は笑顔で首を振る。

「大丈夫です。これも付き人の仕事ですから。早く琴里さんに届けてロケに合流してもらいましょう」

急いでふたりで琴里の部屋に駆けつけ、風呂場から出てベッドで毛布を被《かぶ》ってふて寝していた琴里を起こしてリクエストのいなり寿司を見せると、琴里はうるっと瞳を潤《うる》ませて跳ね起きた。

「遼太、ありがとう〜！　最悪に心が折れたときは、どうしてもこれが食べたくなるの。このお店のおばちゃんがすごいミーハーでとっても親切な人でね、昔ママに男が来るから外行ってろって部屋追い出されて行く場所がないときに、このお店に行くといつもおばちゃんがその時ハマってるイケメンスターの話をしてくれて、お金持ってないときでもこっそり食べさせてくれたんだ、このおいなりさん」

幼い日の、不憫《ふびん》だがぬくもりもある思い出を口にしながら、琴里は四個入りのいなり寿司を割《わ》り箸《ばし》も使わず素手でもくもくと完食する。

遼太はお茶を淹《い》れて差し出しながら言った。

「琴里さん、島影商店のおばさんも琴里さんがいま素敵な女優さんになってテレビやスクリーンで活躍している姿を見るたび、ホッとして喜んでると思いますよ。宇和島監督が女優さんに厳しいのは有名ですけど、琴里さんならきっと期待に応えられると俺は信じてます。樫原さんも言ってましたけど、俺も台本を読ませてもらって、この作品は琴里さんの新しい代表作になるだろうと思いました。ソウルフードでパワーを注入したし、島影さんにご恩返しできるようないい演技がきっとできます。さあ、仕度して現場に行きましょう。おまけのもう一パックは、今日の撮影が終わったあとのご褒美に食べてください」

冷蔵庫にしまってから笑みかけると、琴里はしばしの間のあと、こくりと頷いた。

「……わかった。頑張る。……ねえ遼太、すぐ帰らなきゃダメ？　今日だけ遼太も見ててくれない？　樫原さんは判定が厳しくてなかなか誉めてくれないけど、遼太ならきっとなんかいいとこ見つけて本気で誉めてくれるから救われるし。お願い、遼太にいてほしいの」

「……え」

なんとかヘタレモードから脱してくれたのでホッとした途端、新たな我儘を言われてしまう。今週はきよらにつくことになっているので一存では返事ができず、遼太は樫原に目で指示を仰《あお》ぐ。

女優の涙腺《るいせん》は一般人より開閉自在だが、瞳にリングライトを当てたように涙でキラキラした瞳で頼まれたら無下《むげ》にもできず、困り顔でお伺いを立てると、樫原はシステム手帳を開いてスケジュールを確認しながら言った。

「京橋《きょうばし》は今日雑誌の表紙とカラーページ四枚の撮影とラジオの収録だけだし、明日も午後からだから、最終の新幹線の時間までつきあってやってくれ」

許可が下りたので、遼太は琴里のロケ現場に同行することになった。

偶然付き添った奈良公園で、自分と樫原のその後の人生に大きく関わる人物に出会うとも知らず、遼太は急いで監督やスタッフにお詫《わ》びの差し入れを買いに走ったのだった。

＊＊＊＊＊

「……なあ日暮《ひぐれ》、あそこで鹿にせんべいやってる高校生のグループ、ちょっと見てくれ。あの右端の子、すごく良くねえか？」

リハーサル中の琴里《ことり》を見守りつつ、周りで人気女優のロケに遭遇してキャーキャー騒ぐ観光客に「すいません、ロケでご迷惑をおかけしますが、本番が始まったらもうすこし声のトーンを……」などとほかのスタッフと共に頼んだりして動き回っていたとき、急に樫原《かしはら》に腕を摑まれた。

ロケ場所から離れたところで鹿と戯《たわむ》れながら写真を撮っている男子四人組を指差され、

「え、どの子ですか？　……あっ……！」

きょろっと泳がせた視線の先にその少年を見つけた瞬間、遼太《りょうた》はハッと目を瞠《みは》った。

業界でよく耳にする『彼にはきらっと光るものがあった』という使い古されたフレーズが実感を伴《ともな》って頭を過《よぎ》る。

四人とも紺のブレザーにグレーのスラックス、赤と黒のレジメンタルタイにローファーという同じ制服なのに、その少年は明らかに周りの男子とは違う空気を纏《まと》っていた。

大人しそうだが、遠目からでも息を飲むほど美しい顔立ちで、興味深そうに鹿を眺めたり、急に三頭に囲まれて怯《ひる》んだり、周りの仲間がせんべいで釣って逃してくれたあと、鹿の頭上にせんべいを掲《かか》げてぺこぺこ首を振らせるのを見て笑ったりする自然な表情のひとつひとつに輝くような華があった。

「……すごい美少年ですね。地元の子かな」

観賞する喜びを与えてくれる彼の顔に釘付《くぎづ》けになりながら呟くと、樫原が遼太の腕をさらにグッときつく摑んだ。

「わからんが、滅多《めった》に出会えない原石なのは確かだ。あれだけのビジュアルだから、とっくにどっかに先越されてるかもしれないが、ダメ元で声かけてみよう。日暮、行くぞ！」

「え。あ、はい……！」

珍しく高揚を隠さない相手に引っ張られ、遼太も樫原と公園内をダッシュする。

ジェムストーンの新人スカウトは新人部の管轄で、日々原宿やお台場、渋谷や池袋や横浜、舞浜《まいはま》などで小学生から将来の顔立ちを予測してスカウトしているが、逸材《いつざい》を見つけたら部署は関係なくトライするのが鉄則である。

急に突進してきた強面《こわもて》スーツとカジュアルなぽっちゃりモブの組み合わせに男子四人組は「え、なに」と軽くうろたえ気味だったが、樫原は意にも介さず目当ての少年の前にずいと寄り、開口一番言った。

「君、いままでモデルや俳優やアイドルにスカウトされたことはあるかな。すでにどこかの事務所に所属してるなら教えてほしい」

「……え」

いきなり長身のインテリヤクザばりの男に尋問《じんもん》口調で訊ねられ、少年はぎょっとしたように身を固くする。

日暮はすぐに人好きのする笑顔でフォローに入り、

「ごめんね、突然声かけてビックリさせちゃって。俺たち、東京の芸能事務所で働いてる樫原と日暮っていうんだけど、君のことを見かけて、すごく素敵な子だなと思ったんだ。でももしもう別の事務所に所属してたらスカウトはできないから、先にそれだけ確かめさせてもらってもいいかな」

とできるだけほんわかした口調で伝える。

近くで見ても非の打ちどころのない完成された美貌に感心しながら答えを待つと、周りの友人たちが「おお～、こんなとこでもスカウトかよ、すげえな旬《しゅん》」「キャー、真中《まなか》旬くーん、サインしてー！」などと口々に冷やかし、本人に代わってみんなが答えた。

「旬はどこにも入ってないっすよ。スカウトは何度もされてるけど、こいつこんな顔して性格超地味で人見知りでビビリだから、芸能界なんて死んでも無理って即断っちゃうんで」

「そうそう、中等部のとき、お姉さんが勝手にジャミーズに応募して書類選考通ったのに面接無視して行かなかったから、『どうしてそういうもったいないことするの⁉』って激怒されてたし」

旬と呼ばれる少年は焦《あせ》った顔で「余計なこと言わなくていいよ」というように友人たちの袖《そで》を引いて止め、樫原を一瞬見上げてサッと怯《おび》えたように視線を逸らし、遼太に向かってぺこっと小さく頭を下げた。

「あの、すみません、僕は芸能界にまったく興味がないし、いま修学旅行中なので……」

もう話すことはないから行ってほしいと暗に訴えられたが、その声すら耳を甘くくすぐる柔らかなトーンで、是非この声で歌ったり、ラジオで話す声を聴いてみたいと思わずにはいられなかった。

樫原も同じ思いだったらしく、さらに前のめりに間合いを詰め、本気のあまり目が真剣すぎる営業用の笑顔で話しかけようとしたが、少年はビクッと顔を引き攣《つ》らせて後ずさってしまう。マズい、樫原さんの笑顔が怖すぎて余計怯えてる、と遼太は焦り、ここは自分がなんとかしなくては、ともう一度穏やかに話しかけた。

「ごめんね、大事な旅行の最中に邪魔して。すぐ消えるから、もうすこしだけ話聞いてもらえる？　俺たち、ジェムストーンっていう事務所の人間なんだけど、決して怪しい事務所じゃないんだ。向こうで映画のロケやってる五十嵐《いがらし》琴里さんや、京橋《きょうばし》きよらさんも所属してるちゃんとした事務所だし、この人はふたりのマネージャーで、俺は付き人なんだ」

旬以外の三人が「おお～」と声を上げ、ロケ隊を振り返り、「あの人だかり、コトリンのロケだったんだ～」「俺結構好きだよ、コトリン」「近くに行って見てみっか」と盛り上がる。

旬だけはまだ固い表情で身構えており、遼太は怖がらせないように優しく言葉を継いだ。

「旬くん、って呼んでいいかな。君は内気な子みたいだし、俳優なんてとんでもないって思ってるみたいだけど、実は俺もね、こんな凡顔《ぼんがお》だけどお笑い芸人目指してたんだ。大学まで人前でコントやるなんてありえないって思ってたけど、誘われてやってみたら意外とできちゃったんだよ。まあ解散しちゃったんだけどね。……俺の話は置いといて、この樫原さんは人気スターばっかり手掛けてきた有能なマネさんなんだけど、君をひと目見て、この子は本物の原石で、きっとスターになる逸材だって直感したんだって。もし君がその気になってくれたら、樫原さんと俺が全力でサポートする。いますぐ無理って答えを出さないで、もうすこしじっくり考えてみてくれないかな。おうちの方にも相談して、もしもっと詳しく話を聞いてみようかなって気になってくれたら、是非事務所に連絡をくれる？」

そう言って自分の名刺を差し出すと、樫原も名刺と十代の未成年をスカウトする際に家族に渡す手紙を手帳から取り出して旬に手渡す。

胡散臭《うさんくさ》げな表情をしつつも一応受け取ってくれた旬に、「最後に一枚だけ写真撮らせてもらえないかな」とチーフや社長に見せるために恐縮顔で頼むと、旬は戸惑うように首を横に振りかけたが、周りの友人たちが「四人一緒ならいいじゃん」「俺をスカウトしてくれるなら、即OKっすよ」などと笑って旬の肩を組んでピースする。

あとで旬だけズームすればいいか、と四人一緒に撮り、みんなの携帯にも画像を送る。

時間を取らせたお詫びにきよら主演の「リーガルガール」の番組クオカードを一枚ずつ渡しながら、さりげなく情報を聞きだす。

「へえ、みんな煌大《こうだい》付属の二年なんだ。めちゃ頭いい男子校だよね。すごいね、みんな優秀なんだね。……じゃあ、自由行動中に邪魔してほんとにごめんね。もう行くからね。旬くん、話を聞いてくれてありがとう。無理強《じ》いはできないけど、電話くれたらすごく嬉しい。ほんとに無理強いじゃないんだけど、いつでもいいから電話待ってるからね」

笑顔で充分無理強いしながら、手を振って別れる。

ふう、と一仕事終えた気分で琴里の元に戻りながら、遼太はハッとして隣の樫原を見上げた。

「……あの、すいません、俺、樫原さんを差し置いて、でしゃばって仕切っちゃって」

スカウトなんてしたこともないのに、聞きかじりのやり方で説得してしまったが、あれで大丈夫だっただろうかと急に不安になる。

樫原が本気でスカウトしたがっているのがわかったのでなんとか協力したかったし、自分もあのまま彼を諦めるのは惜しい気がしてつい熱弁を振るってしまったが、付き人の分際で僭越《せんえつ》だったかも、と今頃焦って詫びると、樫原は「いや」と首を振り、遼太の目を見おろしながら言った。

「きっと俺一人だったら、声掛けた途端逃げられてた。おまえだから警戒を緩めて最後まで話を聞いてくれたんだし、全然謝る必要なんてない。……それに、礼が遅れたが、さっきも遥々いなり寿司をパシらされて腹立ってるだろうに五十嵐を元気づけてくれて、ありがとな。昨日から俺がなに言ってもいじけるばかりでどうにもならなかったんだが、おまえは着いた途端、北風と太陽の太陽みたいにあっさりやる気にさせてくれて、さっきもいまも、おまえがいてくれて本当によかった」

「……え」

相手の口からそこまで直球で謝意を伝えられたことがなかったので、遼太はすぐには返事ができなかった。

破格の言葉にまず（ええっ！）と驚き、次いで（ベタ誉めだ！）と舞い上がりそうに嬉しくなり、最後に（うわー！）と叫びたいくらい照れくさくなった。

基本が塩対応の樫原の不意打ちの絶賛は破壊力が半端《はんぱ》なく、まるで恋の告白でもされたかのように頬がかぁっと熱くなり、鼓動もドキドキ速まってくる。

……いや、ちょっと喜びすぎだし、比喩《ひゆ》がおかしいだろ。樫原さんに恋の告白なんかされたらビビるか具合でも悪いのか案じなきゃいけないのに、赤面して喜んじゃう気かよ俺は、と遼太は焦ってセルフツッコミする。

いい仕事をしたことに対して、「ありがとう、おまえがいてくれてよかった」と評価して言ってくれただけなんだから、こっちもさらっと「いえ、付き人として当然です」と返せばいいだけの話で、こんなに悶《もだ》える必要なんてない。

なのに、どういうわけか、クラスの片想い中の男子から消しゴムを忘れたと言われて自分の消しゴムを半分切って渡したら「おまえ優しいな」と他意なく礼を言われただけで、（○○くんに優しいって言われちゃった～！）と調子に乗る女子みたいな気持ちになってしまった。

……って、コントの設定じゃないんだから、この比喩もすごく変だろう。しかもナチュラルに自分が女子のポジションで想像してるし、さっきからどうしちゃったんだよ、俺は、と遼太はひとり動揺する。

樫原は仕事上の相方で、尊敬してるし、役に立ちたいし、誉められたら嬉しいけど、別に片想いなんかしてない。

だって同性だし、一緒にいて心和《なご》むタイプじゃないし、未確認だけど高級な風俗通いや女優に伽《とぎ》をしてる疑惑のある人だし、性別を超えて恋愛感情を持ったりするわけがない。

向こうだって、日々同じ人間とは思えないほど美しくスタイルのいい人種がうじゃうじゃいる業界で何年も仕事してきた人なんだから、わざわざ俺みたいなぽっちゃりモブを相手にするわけないし……、って、だから別に相手にされたいわけじゃないけど……！　と遼太はぶんぶん首を振る。

さっきからエンドレスに続く意味不明の脳内ノリツッコミを断ち切るために、遼太は急いで話題を変えた。

「……えっと、いまの真中旬くんですけど、連絡くれますかね。見た目のスター性は抜群《ばつぐん》だと思いますけど、芸能界に興味ないってはっきり言ってたし、いままでもスカウト全部断ってきたらしいから、難しいかもしれませんね」

元々目立ちたがりで物怖《ものお》じしないタイプや、憧れの芸能人がいて自分もなりたいと思っているような子なら早晩連絡をくれるだろうが、彼はそういうタイプではなさそうだった。

樫原のためにスカウトがうまくいけばいいと思うが、どんなにこっちが望んでも本人の意向が第一なので、必ずしも成功しないかもしれないと思っていると、樫原は決意を込めたまなざしで言った。

「いや、なんとしても口説《くど》き落とす。とりあえず一ヵ月待ってみて、なにも音沙汰がなければこっちからもう一度アプローチしてみる。おまえが画像を送るときにアドレスを入手してくれたから連絡はつくし、学校で待ち伏せしてもいい。間近であの子を見て、やっぱり超一流の素材だと確信した。顔だけじゃなく、ほかにも欠点らしい欠点がなかったし、あの子は絶対に売れる。等身のバランスもいいし、歯並びも声もよかったし、雰囲気に華と品がある。性格が内気すぎるのが難点だが、とにかく、俺のマネ人生のすべてをかけて育てたいと思える素材に出会ったのは初めてだ」

平素のクールで老成した雰囲気とはまるで違う少年っぽさを瞳に浮かべ、夢を託す相手を見つけたと喜ぶ横顔を見ていたら、遼太の胸の鼓動がまた速度を増しだす。

……だから、さっきからなんなんだ、俺の心臓は。なんでこの人相手にときめいたりするんだよ。おかしいだろ。

そうつっこんでも脈は乱れたままで、もし真中旬を売り出すとしたらどんなプロモーションプランがいいか熱っぽく案を語る樫原を見ていると、『きゅん』という擬音以外では表現できない反応が胸の中で起こる。

……自分でもおかしいっていう自覚はあるけど、もしかしたら俺は、樫原さんのことを仕事のパートナー以上に好きなのかもしれない……。

いままで恋愛とは縁遠かったから、自分が同性を好きになれる質《たち》だとは思ってなかったけど、たぶん樫原のことは恋愛的な意味で惹かれている気がする。

もしこの気持ちがただの仕事のパートナーとしての好意だったら、樫原がマネ人生をかけて叶えたいという夢を、自分も一緒に分かち合いたいとか、夢を叶えるまでずっと伴走者《ばんそうしゃ》としてそばで苦楽を共にできたら嬉しいなんて思うだろうか。

出会ってから、平均点ではいちいち評価してくれない相手になんとか認められたくて、喜んでもらいたくて、なにをすれば反応がいいかクールな顔から読み取ろうと見つめまくっていたのが仇《あだ》になったのかもしれない。

とっつきにくいけど、たまのご褒美《ほうび》みたいな言葉や微笑が麻薬レベルで強力で、そばにいるとちょっと緊張するのにいないと物足りなく感じるくらい、自分の中で相手の存在が大きくなってしまった気がする。

そう自覚してから思い返すと、寝ぼけたきよらのシャワー介助《かいじょ》で見る裸体より、泊めてもらったときに腰タオルで裸眼《らがん》で風呂から出てくる樫原をチラ見するほうが実はいけないものを見てる気がしてソワソワするのも、「俺が相方になってやる」と言われたときに死ぬほど嬉しかったのも、琴里の伽をしているかもと聞いて見損《みそこ》なうほど不愉快になったのも、たぶん倫理的な問題より嫉妬する気持ちが強かった気がするし、それもこれも全部無自覚に相手を好きになっていたからかもしれない。

……でも、自分がこんな気持ちを抱いたところで、どうにかなる可能性なんてない。

男同士だし、もし樫原がストレートじゃなかったとしても、自分を選ぶことなんて考えられない。

昔幼稚園でクラス一可愛い子に初恋をしたが、「りょうたくんはやさしいけど、れんくんのほうがすき。れんくんはいじわるだけど、かっこいいから」と言われたとき、そうか、モブ顔だと恋愛物の主役にはなれないんだ、と幼心に悟《さと》った。

もちろんいまはほかの美点を重視する人もいると頭では理解しているが、なんとなくその頃の刷《す》り込《こ》みで、誰かにほのかな好意を抱いてもすぐ打ち消してしまうような癖がついてしまい、ろくに経験もないし、自信もない。

きっと樫原に自分の気持ちがバレたり、うっかり血迷って告白なんてした日には、ドン引きされるか鼻で笑われるかのどちらかだろうし、最悪毒舌でこっぴどく振られて、ほかの付き人に替えられたりする可能性だってあるかもしれない。

そんな危険を冒《おか》すより、せっかく今うまくいっている仕事のパートナーとしての関係を死守したほうが安全だし、余計な傷を負わずに済む。

モブはモブらしく弁《わきま》えて、身の程知らずの欲をかかなければ、仕事でなら家族や恋人よりも長い時間一緒にいられる。

本物の恋人だって同じ夢を追いかけられるとは限らないし、この立場はモブが望める一番いいポジションなんだから、使える相方としてずっとそばにおいてもらえればいい、と遼太は自分に言い聞かせ、自覚したばかりの片想いを胸の奥にしまいこんだのだった。

＊＊＊＊＊

奈良から戻って一週間もしないうちに、遼太《りょうた》の携帯に真中旬《まなかしゅん》の姉の蘭《らん》から連絡がきた。

弟の芸能界入りを自分は熱烈大歓迎だが、両親は反対寄りの中立で、本人はまったく乗り気じゃないので、ぜひ自宅に来て弟と親を説得してほしいとのことだった。

速攻で樫原《かしはら》に伝え、

「本人からの電話じゃなかったけど、家族の中に一人でも味方がいてくれてよかったですね！」

「ああ、お姉さん様様だな。なんとかうまく説得して、高校生のうちにデビューに漕《こ》ぎつけられるといいんだが」

と喜びあい、早速指定された週末の午後、成城《せいじょう》にある真中家をふたりで訪問した。

「……すごいお坊ちゃまだったんですね、旬くんって」

住所が高級住宅街だったので一応手土産を張り込んだし、自分もスーツ着用で来て正解だったが、予想以上に豪邸だった真中家の門の前で遼太は声を潜《ひそ》める。

「これは一筋縄ではいかないかもな。子供を芸能界に入れて金ヅルにしようと目論《もくろ》んでる親なら話は早いんだが、こんなセレブじゃその手も使えねえ。正攻法で気合い入れて説得するしかないな」

樫原から握った拳《こぶし》を顔のそばに差し出され、気合い注入にグータッチを求められているとわかったので、内心の照れを隠して遼太もグッと拳を触れ合わせ、ふたりで門をくぐる。

音大出で自宅でピアノを教えているという上品な母親に出迎えられ、グランドピアノが置かれたリビングに通される。

有名企業の重役だという父親が向かいに、横に女子大生の姉が弟の腕をがっちり組んで並んでソファに掛けており、丁重に挨拶《あいさつ》して勧められたソファにふたりで座る。

蘭の瞳は絶対に話をまとめる気でメラメラと燃《も》え滾《たぎ》っており、旬は困惑と不本意さを滲《にじ》ませながらも姉には逆らえないらしく、大人しく座っている。

樫原は折り目正しく、かつ情熱的にどれだけ旬の可能性に惹かれているか、これまでたくさんのスターとその予備軍を見てきたが、旬には本物だけが持つ特別なオーラがあり、絶対に多くの人を魅了する国民的スターになれるという確信がある、是非自分の眼力を信じて恐れず挑戦してもらえないか、必ず映画史に残る名優にしてみせる、責任をもって大事に育てて、この道を選んだことを決して後悔させないし、将来まで手厚くフォローし、万が一うまくいかなくても使い捨てるようなことは絶対にしない、必ず成功させるので、どうか自分に預けてほしいと熱く訴えた。

もし自分に子供がいて、ここまで全身全霊で推《お》されたら思わず「うん」と言ってしまうかも、と遼太が思ったように、旬の両親も樫原の本気に心を動かされたようで、

「芸能事務所の方と聞いて、もっと堅気《かたぎ》じゃないチャラチャラした方が来るのかと思っていたんですが、あなた方は違うようですし、プロの方に息子が国宝級の逸材《いつざい》と言われたら悪い気はしません。あくまでも本人の気持ち次第ですが、そこまでおっしゃるなら反対はしません」

「うちの子はほんとに引っ込み思案で、このまま何事にも消極的な人生を送るのかと心配はしてたんです。もし逆療法でそういう世界でいろんな経験をさせてもらうことで変われるなら、飛び込んでみてもいいのかなと。全員にチャンスが与えられるわけではないですし、失敗しても若いうちならやり直しもききますし」

と賛成寄りに傾いてくれ、樫原と遼太は「ありがとうございます！」と勢い込んで頭を下げる。

途端に旬が目を見開き、

「お父さんもお母さんもなに言ってるの。今日だってお姉ちゃんが勝手に紙ゴミの中から手紙見つけて電話しちゃっただけで、僕は俳優になりたいなんてまったく思ってないし、できるわけないから」

と隣の姉を憚《はばか》ってか小声で抗議すると、蘭が「そんなことない！」と遮るように叫ぶ。

「だって旬、去年文化祭の劇でクラス全員からヒロイン役に推《お》されちゃって、渋々練習してたけど、本番でめちゃくちゃ上手に演じてたじゃない。旬には才能があるのよ！　ないのは自信だけ！　やってみようよ、旬！　一度きりの人生なんだから、冒険しないでどうするの。お姉ちゃん、自慢の弟を映画館の大画面で見てみたい！　それでいつか福山《ふくやま》と共演して、打ち上げにお姉ちゃんを呼んでほしいの！」

最後は完全に私利私欲でまくしたてる蘭に旬は眉を顰《ひそ》め、

「やだよ、お姉ちゃんが自分で共演しなよ」

と口の中で文句を言う。

「やれるもんならやってるけど、無理なのよ。あちこち応募しまくったけど、かすりもしないんだもん。旬のがどう見ても美人だし、私は旬のステージシスターの地位で満足するからいいの。とにかく、樫原さんがこんなにあんたの素質を見込んで推してくれてるのよ⁉　ありがたく所属契約させてもらおうよ！　ね⁉」

摑んだ腕をゆさゆさ振って承諾させようとする蘭に、さすがに腹に据《す》えかねたように旬はガタッと立ち上がって声を張った。

「嫌だってば！　大体、奈良公園でちょっと会っただけで素質なんか見抜けるわけないよ！　素質なんてないし。……お姉ちゃん、僕もう部屋に戻るから。ちゃんと逃げずに話は聞いたからもういいよね」

お役御免《ごめん》とばかりに立ち去りかけ、旬はちらっと遼太と樫原を振り返り、また遠慮がちな声で言った。

「……すみません、姉が勝手にお呼び立てして、わざわざ家まで来ていただいて申し訳ないんですけど、僕はほんとに芸能界とか無理なので、これで失礼します」

小さく会釈《えしゃく》して足早に自室に戻ってしまった旬に、やっぱり頑《かたく》なに嫌がってるからスカウトは無理かも、と遼太が思ったとき、樫原が言った。

「真中さん、旬くんには本当に素晴らしい素質やスター性があるので、どうしても諦めきれません。本日はこれで失礼しますが、今後も時間をかけて説得に通わせていただけませんか？」

テーブルに額をつけんばかりに低頭《ていとう》する樫原の隣で遼太も急いで頭を下げる。

両親は顔を見合わせて相談していたが、蘭の強力な後押しもあり、一応了解してくれた。

その後も仕事の合間を縫《ぬ》って何度もふたりで真中家に足を運んだ。

遼太たちがなかなか諦めなかったことと、蘭からの連日の懇願《こんがん》と脅迫に屈《くっ》したらしく、数ヵ

月経《た》ったのち、

「……姉がうるさいし、樫原さんたちもしつこ……粘《ねば》り強いので、全然自信はないですけど、一応やってみようと思います……」

とようやく旬から返事をもらえた。

「やりましたね！　旬くんはほんとに難攻不落《なんこうふらく》で、もう無理かと思ったこともあったけど、なんとかOKもらえてよかったですね！」

その晩、明日も早いので一杯だけ祝杯を上げることにして、樫原の家で缶ビールで乾杯した。

「ああ、何年かかっても諦める気はなかったが、これでやっと夢の門口《かどぐち》に立てた。ここがゴールじゃなく、これからが始まりだから、あの子を国民的スターにするまで、おまえもまたよろしくな」

「……はい、頑張ります……！」

樫原さんの夢は俺の夢だから、と心の中だけで付けたし、遼太は同じ夢を見られる幸せを噛みしめながら缶ビールを干した。

＊＊＊＊＊

旬《しゅん》の所属契約は真中《まなか》家の両親と姉、ジェムストーン側は宝生《ほうしょう》社長の立ち合いのもと、真中家で取り交わされた。

樫原《かしはら》が契約書の細かい条項を読み上げ、ギャランティの配分は最初は五分五分、人気が出て事務所への貢献度が増えれば本人が六割、事務所のマージンが四割、さらに連ドラに主演するようになると七：三に上がること、高校生の間は学業優先でいくこと、イメージ戦略の一環で三十まで恋愛と結婚禁止、契約は基本的に自動更新で、移籍やスキャンダル発生時の違約金や賠償金についてなど、質疑《しつぎ》を交えて合意を得たのち、父親と本人に署名捺印《なついん》をしてもらった。

無事契約が完了し、ホッと息をついて樫原と目を合わせると、相手もうっすら瞳に安堵の笑みを浮かべた。

これからも一緒に頑張れると思うと嬉しくて、内心浮かれながら旬に目をやると、ソファで契約書を見おろす表情がすでに不安げで、後戻りできないような大それたことをしてしまった、という後悔の色が浮かんでおり、遼太《りょうた》は旬のそばに行ってしゃがみこみ、優しく笑みかけた。

「旬くん、大丈夫だから、樫原さんと俺を信じて。君とはこれから長いつきあいになると思うから、俺たちのことは二十七と二十五のお兄さんができたと思って、不安なことや心配なことや、どんな小さなことでもいいから遠慮せずなんでも相談してほしい。一緒に解決できるように考えるし、俺にできることはなんでもするからね」

自分もまだ新米だが、もし本当にこんなに綺麗な弟がいたら自慢だし、可愛がりたいし、仕事の上でも全力で盛り立てて守ってあげたいと思いながら告げると、旬は遼太の目をじっと見つめ、やや安心したように小さく頷いた。

宝生が所用で先に帰ったあと、三人で旬の部屋に場所を移すと、樫原が言った。

「これからは親しみを込めて『旬』と呼ばせてもらう。俺は旬と心中する覚悟で、マネージャー生命のすべてをかけて売る気でいるからよろしくな」

「……え、心中……?」

顔を引き攣《つ》らせる旬に遼太は急いでとりなす。

「旬くん、樫原さんはそれくらい本気だって言いたいだけで、『一緒に頑張ろう』っていう意味だから、怖がらなくていいからね。……樫原さん、もうちょっと言葉を選んでくださいよ。『君に俺の人生を捧《ささ》げる気だ』とか『運命共同体になろう』とかほかに言い様があるでしょう」

そう窘《たしな》めると、旬が小さくくすりと笑う。

「……日暮《ひぐれ》さん、それも怖い言い方です」

「え。あ、ほんと？　両方重くて怖いか」

遼太も照れ笑いを浮かべて一緒に笑い、いままでずっと自分たちの前では緊張した顔でほとんど笑わなかった旬の微笑にほっとする。

すこしは気を許してくれたのかな、もっと心を開いて信頼してもらえるようになりたいなと思いながら、旬の学校での様子や家での過ごし方や好きな食べ物やよく聴く音楽など、いろんな話をして打ち解けてもらえるよう努《つと》める。

樫原はそのやりとりを黙って聞きながら手帳に旬の情報を書き留め、会話が一段落したあとに言った。

「じゃあ旬、すこし仕事のことについて話すが、今週末、宣材写真の撮影をするから、前日よく睡眠を取っておいてくれ。全身と上半身と顔のアップを衣装と表情を変えて撮る。その写真にプロフィールを添えた資料はオーディションに提出したり、売り込みに使う大事なものだから、写真を見ただけで『是非この子に決めたい！』とキャスティング担当を虜《とりこ》にするようなものにしよう。それと、旬はSNSをやっていないそうだが、『新人俳優・真中旬』としてブログとツイッターを始めてほしい。ファンを増やすために毎日更新して写真や動画も多くアップしてほしいが、学校や自宅が特定されないように気をつけること。本文も先生の悪口とか新製品のお菓子がくそまずいとかマンガの新刊が面白くないみたいな内容は好感度が下がるから厳禁だ。好きなものや楽しかったことだけ書くように。一応最初はアップする前に俺に確認させてくれ」

「……は、はい……」

びしびしと続く樫原の指示にほとんどついていけない様子で旬が辛《かろ》うじて頷く。

「それと、日暮は忙しいタレントにつく付き人だから、まだ旬にマンツーマンでつくわけじゃない。当分は俺とふたりで行動することになるからそのつもりでいてくれ」

「えっ」

旬が目を見開き、バッと遼太のほうを向く。

日暮さんはいてくれないんですか……？　と捨てられた子犬のような目で問われ、遼太は慌てて弁解する。

「ごめんね、旬くんが慣れるまではできるだけ旬くんを優先したいと思ってるけど、俺いまはまだ女優さんの付き人がメインなんだ。でもいつも旬くんを気にかけて声もかけるし、なるべく顔も出すから、そんな心細そうな顔しなくても大丈夫だから。樫原さんは怖そうだけどものすごく頼りになるし、旬くんが売れて忙しくなったら俺もずっと一緒にフォローさせてもらうから」

「……そんな日がほんとに来るかわからないじゃないですか……」

悲観的な旬の予言は当たらず、度胸試しに受けた最初のオーディションで旬は見事に福山の義弟《おとうと》役という準主役の大役を射止《いと》めた。

ほぼ同時に大手清涼飲料メーカーのＣＭにも起用され、あっという間に人気に火がつき、遼太が『超売れっ子新人俳優・真中旬』の専属になるまでたいして時間はかからなかった。

＊＊＊＊＊

初めて出演したデビュー映画「そして桜坂から」で旬《しゅん》は各映画賞の新人賞を総ナメにした。十八歳で連ドラ初主演、初写真集と初DVDを発売し、初主演映画「小惑星B−612番の恋人」で主演男優賞を取り、十九歳でシェイクスピア物の初舞台と初時代劇「舞谷《まいや》藩邸の人々」に挑戦し、二十歳でCM契約社数トップとなり、初ミュージカルの座長をし、二十一歳で主演ドラマ「夏恋ダイアリー」の主題歌を歌ってヒットさせ、初アルバムを出して紅白に出場、二十二歳で2ndアルバムをひっさげて全国ツアーを敢行《かんこう》するなど、デビューから六年、旬は快進撃を続けている。

素の旬は相変わらずメンタルが弱く、時々ネガティブ発作を起こして「……もう全然向いてないから辞めたい……」と泣き言をいうが、なんとか宥《なだ》めていざカメラの前やステージに立たせると、なにかが降りてくるらしく、完璧な「国民的スター・真中旬」に変わる。

マネージャーと付き人の休みはタレントの休みと一緒なので、遼太《りょうた》も三ヵ月に一日休めるかどうかという忙しさだが、常に樫原《かしはら》といられるので休めなくても不満はないし、旬が次々といい仕事をして成功していく過程を間近で見られるのは付き人冥利《みょうり》につきる幸せなことだった。

今日の旬の仕事は夕方からなので、午前中は樫原と一緒に事務所に溜まっている旬宛てのファンレターやプレゼントの仕分けをした。

「あ、また記入済みの婚姻届が入ってます。こないだの人とは別の名前ですけど」

封筒から手紙と一緒に同封された茶色の文字と縁《ふち》の薄い用紙を取り出して遼太が言うと、

「そんなもん送ってきたって出すわけねえのに、どういうつもりなんだろうな」

と樫原がにべもなく言う。

「それだけ本気で好きだって示したいんじゃないですか。これでほんとに結婚できると思ってるわけじゃなくて、これを書いただけで、ちょっとだけその気になれて嬉しいんじゃないでしょうか」

自分もものすごく暇があって未記入の婚姻届が手元にあったら、こっそり樫原の筆跡を真似て自分の名前と並べて自己満足に浸《ひた》りたいかも、と妄想していると、

「書いただけで喜べるなら出すなっつうの。こっちの捨てる手間が面倒だろうが。おまえ、時々妙にファンの乙女心に理解示すよな」

とつけつけ言われ、「……や、ただの一般論で、別に乙女心なんてわかりませんよ」と薄赤

くなって言い返す。

旬には事務所やファンクラブ宛てにたくさんのファンメールや手紙やプレゼントが届くが、サイトの書き込みや手紙は遼太たちが先に目を通し、アンチや共演女優のファンからの妬《ねた》みの罵倒《ばとう》などは目に触れさせないように配慮している。

熱烈なファンからのプレゼントも、ぬいぐるみや置物、時計や電気スタンドやモバイルや音楽プレイヤーや、電気シェーバーや電動ハブラシの充電器、固定電話などの新品に巧妙に小型カメラや盗聴器を仕込んで送られてきたりする。

純粋なプレゼントのほうがもちろん多いが、念のため送られてきたものはすべて探知機で調べ、異物が発見されれば分解して外したり、水につけて壊したりして処分し、洋服などは旬が気に入れば渡し、そのほかは事務所のスタッフでわけたり、寄付したりしている。

樫原が遼太の手元の婚姻届を指して言った。

「その差出人も一応ブラックリストに控えといてくれ。前に送ってきたストーカーファンは旬の実家に押しかけて『嫁にしてくれ』とご両親に騒いだりして大変だったからな」

「そうですね、この人はそういう迷惑なことしないでくれるといいんですけど」

いろんなストーカーファンがいるから用心しないと、とふたりで話していた矢先、とんでもない事件が起きてしまった。

アジア三都市で開催するライブツアーの一都市めの、ファンと行く台湾クルーズの船内で、熱狂的な男性ファンによる暴行未遂事件が起き、偶然居合わせた添乗員《てんじょういん》のおかげで事なきを得たが、遼太は付き人の自分の手落ちだったと猛省《もうせい》して旬に詫びた。

樫原も犯人に激怒して、ファンクラブの強制退会、ライブやイベントも出禁という措置《そち》を取った。

旬の危機を救ってくれた添乗員の葛生惇史《くずうあつし》には遼太から後日感謝の電話と心ばかりの品を贈ったが、旬自身も恩義を感じているらしく、珍しくプライベートで友人づきあいしたいと言うので、オフや空き時間に会えるようにできるだけ協力することにした。

人見知りの旬が葛生とは波長が合うのか楽しそうにやりとりしており、葛生も一般人の分際で人気芸能人の友人にしていただいて恐縮です、という低姿勢な態度を崩さず、信頼できる人柄だったし、頻繁《ひんぱん》に会うわけでもないので樫原も遼太もそのまま見守っていた。

しばらく経ったある日、仕事を終えて家まで送る帰りの車中で、物思いにふけっているような表情で黙っていた旬が独り言を呟いた。

「……やっぱり、これって恋なのかな……」

「え？」

思わず過保護な両親さながらに聞き咎《とが》め、樫原と声を揃えて聞き返すと、旬はハッとしてなんとか取り繕《つくろ》おうとしたが、樫原の厳しい追及に負けて「……実は憧れている男の人がいて、恋愛的に好きになってしまったみたいで……」と打ち明けた。

いままでどんな美形の女優や男優、裏方のお偉いさんから下っ端《したっぱ》まで、誰に色目を使われたり誘われたりしても一切靡《なび》かなかった箱入り息子が恋を、と思わず母親の心境で衝撃を受けていると、樫原が平板《へいばん》な声で言った。

「相手は誰だ。葛生さんか？」

ほかに親しくしている男性はいないので、たぶんそうかもと遼太も思ったが、旬は慌てて首を振った。

「……い、いえ、違います。えっと、高校の同級生の、その、お兄さんで……、最近久しぶりにメールくれて、直接会ったりはしてないんですけど、仕事で疲れたときに、すごく元気が出る言葉をかけてくれたりして、優しいなって思って……」

しどろもどろに答える旬に、樫原がしばしの沈黙のあとに言った。

「……その程度なら黙認するし、おまえが勝手に片想いしてる分には男だろうが構わないが、行動に移すことは許さん。おまえがどんな性癖でも俺は気にしないが、おまえの商品価値は大いに気にする。たとえゲイバレしても不動の人気と地位に上りつめるまでは、生身の男との交際は許可しないから、家でひっそり妄想と一人Hで発散してくれ」

ノーデリカシーな指示に内心呆れたが、樫原が旬の俳優生命を守るために言っているのもわかるので、遼太は表立って異は唱《とな》えなかった。

ただ、勝手に片想いする分にはいいが、行動は起こすなという言葉が自分に言われているようで身につまされ、遼太は地下駐車場で旬を下ろす直前、声をかけた。

「旬、誰かを好きだっていう気持ちは大事にしていいと思うよ。好きになったのが男の人だったっていうのも、そういうことだってあると思うし、悪いことだって思わなくていいからね。樫原さんが止めたのは、旬にスキャンダルで傷ついてほしくないからだから」

同性に片想いしている先輩として励《はげ》ますと、旬は一瞬目を瞠《みは》ってから小さく笑んで、

「……はい。ありがとうございます、日暮《ひぐれ》さん。じゃあ、また明日」

と会釈《えしゃく》してエレベーターに向かった。

旬が乗り込むのを見届けてから車を発進させると、隣から樫原が言った。

「どうして旬をけしかけるようなことを言うんだ。……それに、男を好きになることだってあるなんて、妙に実感のこもった言い方に聞こえたが、もしかしておまえにも、そんな経験があるのか？」

「……」

クールな声の追及に内心ギクッとしたが、長い片想い隠蔽《いんぺい》歴で培《つちか》った平常心演技でとぼける。

「……別に、一般論で言っただけです。メールのやりとりくらいなら可愛いもんだし、目くじら立てることはないかなって。それに恋愛物を演じる上で、片想いでも恋愛感情を知ってるほうがいいじゃないですか」

「それはそうだが。……ま、旬はビビリだし、寝る間もないくらい忙しくて夜這いに行く暇も

ないから、そう心配することもないよな」

またデリカシーのないことを言い、樫原は翌日適当にネットで買ったゲイポルノを「こういうのは俺が用意するから自分じゃ買うな」と言って旬に渡し、この件については処理済み案件と分類したようだった。

が、そのあたりから旬の元気がなくなったことに遼太は気づいた。

仕事はきちんとこなすし、遼太たちの前で露骨《ろこつ》に落ち込んだ様子を見せるわけではなかったが、ふとした瞬間に物憂《ものう》げな表情を浮かべるのを長いつきあいの遼太は見逃さず、

「旬、なにかあった？　もしかして葛生さんと喧嘩でもしちゃった？　最近あんまり電話とかしてないみたいだけど」

と訊ねると、旬は慌てて首を振った。

「いえ、ケンカとかは。えっと、いま長い船旅の添乗に行ってるそうで、しばらく連絡できないんですけど、ただそれだけで、別になにもないですよ」

にこっと曇《くも》りのない笑顔で言われ、

「そうなんだ……。じゃあ、例の同級生のお兄さんって人となにかこじれるようなことでもあった？　ちょっと元気がないみたいだから」

重ねて問うと、旬は「え」ときょとんとし、

「あ、いえ、あの人ともなにも……、ほんとに日暮さんや樫原さんに心配かけるようなことは

全然ないので、大丈夫です」

と言うので、それ以上深追いもできずにひとまず様子を見ることにしたが、ある歌番組の本番中、失恋ソングを歌ったあとの司会とのトーク中、「実は好きな人に振られてしまった」と旬が台本にないことを口にした。

別室でモニター越しに見ていた遼太はぎょっと目を剝《む》き、サッと隣に目をやると、樫原が鬼の形相《ぎょうそう》でモニターを睨んでいた。

「あれはなんの話だ。仕事で出会った相手に振られたなんて聞いてねえし、同級生の兄と全然違うじゃねえか」

収録後、樫原に詰め寄られた旬は、

「や、あれは完全な創作で……、えっと、別に誰にも振られてないんですけど、あの歌と似たシチュの経験をしたって言えば、ちょっとは話題になって3rdアルバムの売り上げや配信数に貢献できるかなと思って……。すいません、余計なことをして」

としどろもどろに弁解して謝った。

本当だろうか、なにか隠してる気がする、と思いつつ、次の仕事先に行く時間も迫っていたのでその話はそこで立ち消え、また忙しさにかまけて確かめるタイミングを逸《いっ》しているうちに件《くだん》の歌番組のオンエア日を迎えた。

その日の最後の仕事は美術展のイヤホンガイドのナレーションの収録で、無事に終わって二十二時近くにマンションに送り届けていると、旬が部屋になにも飲み物がないので買って帰りたいと言った。

じゃあ買ってくるからなにがいいかと自販機の近くで車を止めると、自分で見て選びたいと旬も車も下りた。

いつもは人目につかないように地下駐車場で下ろすが、夜だったし、すぐエントランスに入れば大丈夫かなと思いながらポケットから小銭入れを出したとき、

「危ないっ、ふたりとも逃げろ！」

と背後から樫原が叫んだ。

えっ、と振り返ると、銀色に光る刃物を振りかざした男が迫ってくるのが見え、遼太は目を見開く。

咄嗟に旬を脇に突き飛ばしたが、男は旬めがけてカッターを振りおろし、旬が身を躱《かわ》すのと遼太が男の手首を蹴《け》りつけるのが同時だった。

昔テコンドー部だった杵柄《きねづか》で刃物を蹴り落とすと、駆けつけた樫原が男を取り押さえ、「日暮、警察呼んでくれ」と低く言った。

遼太は今頃心臓をバクバクさせながら一一〇番通報し、パトカーを待つ間、旬に怪我がないか確かめる。

幸い服の一部を切られただけで怪我はなく、心底安堵する。まもなく到着したパトカーに旬

と遼太が乗り、社用車は樫原が運転して管轄署《かんかつしょ》に向かった。

犯人は船旅で暴行未遂事件を起こした同一犯で、歌番組で旬に好きな人がいたという話を聞いて逆上して犯行に及んだとのことだった。

警察を出たあと、旬の身を案じるあまり、「迂闊に余計なことしゃべるからこういうことになるんだ」とガミガミ叱る樫原を「まあまあ、怪我もなかったんだし、もうそれくらいに」ととりなし、報道もされてしまったので今日はホテルに泊まったほうがいいかと樫原と相談していると、

「あの、僕からちゃんと説明したほうが早く記者さんたちも撤収《てっしゅう》してくれると思うし、……葛生さんが心配だから下で待ってるってメールをくれたので、家に帰りたいんですけど」

と旬が遠慮がちに言った。

じゃあそうするか、と樫原が頷き、今日は運転を替わるから、遼太も後ろに乗るようにと言ってくれた。犯人と立ち回りをして大変だったと気遣ってくれているらしく、こういう地味に優しいところも好きだなと思いながら、お言葉に甘えさせてもらう。

事件直後で旬も不安かもしれないから、葛生が来なければ自分が一緒に泊まるつもりだったが、今夜は葛生に旬のボディガード役を任せることにした。

マンション前に集まった報道陣に対応したあと、また車に同乗して帰途《きと》につく。

樫原のマンションのほうが近いので、そこで別れる気でいたら、

「もう遅いし、今日は泊まってけ」

と樫原が言った。

え、と遼太は首を傾《かし》げる。

「でも明日の入り時間は昼ですけど」

もしかしてスケジュールを勘違いして早朝だと思っているのかもと思いながら言うと、

「わかってる。でも泊まってけ。あんなことがあった後だし、なんとなくひとりで帰すのが心配なんだ」

と真顔で言われて、思わずキュンとしてしまう。

この業界は運やジンクスや験担《げんかつ》ぎなど、非科学的なことが割合尊重されているので、もしかしたら樫原も刃物で狙われるような悪いことがあったあとにまたなにか続けて悪い事が起きたら困ると不安に思ったのかもしれないが、自分の身を案じてくれていることが嬉しくて、遼太は「……じゃあ、お邪魔します」と泊まらせてもらうことにした。

いつもは寝室のベッドに樫原が寝て、遼太はリビングのソファを借りるが、風呂を借りて出てくると、今日は遼太にベッドを譲るから、自分は隣の床に寝る、と樫原が予備の布団を敷きながら言った。

段差はあるけど、同じ部屋で隣同士……、と動揺して、

「いや、俺はいつも通りソファでいいですよ」

と内心あわあわしながら言うと、

「いいからこっちで寝ろ。今日はおまえが功労者なんだから」

ときっぱり言われる。

「でも……」と同じ部屋で寝るなんて緊張するし照れくさい、と本当のことは言えずに口ごもると、樫原は目覚まし時計を枕元にセットしながらぼそりと言った。

「……ちゃんと無事だったって、もし夜中に目が覚めても寝息とか聴いて安心したいんだ。あのカッター、分厚い段ボールとかも切れそうなデカいやつだったし、もしおまえも旬も動脈でも切り裂かれてたらって思うと、悪夢を見そうだから」

「……」

相手がそこまであの事件に恐怖を感じていたとは思わず、内心驚いた。

改めて考えると、刃物で襲われたので最悪の事態になっていた可能性も当然あるし、事件の瞬間は旬を守ることしか頭になく、自分が傷を負うかもなんてまったく考えずに立ち向かってしまったが、樫原から見た光景は、旬も自分もどちらも命の危険がある恐ろしいものだったのかもしれない。

でも、樫原にとって大事な夢の具現者で、かつ商品価値の莫大な旬だけでなく、ただの仕事仲間の自分のことまでそんなに案じてくれたのかと思うと、同志愛でも充分ありがたくて幸せだと思えた。

相手の繊細《せんさい》な言葉を聞いたら、もうソファで寝たいとは言い出せず、内心の動揺とそわそわを押し隠して樫原のベッドに横たわる。

「日暮、なるべくいびきかいたり寝言言いまくって、生きてるアピールしながら寝てくれ」

普通は逆なのでは、とつっこみたくなる禁止事項をあえてやれと言われて苦笑しながら、

「……ちゃんと生きてますし、もしほんとに大いびきかいて、『樫原さんの鬼！』とか寝言で言っても、枕で窒息《ちっそく》させたりしないでくださいよ」

と茶化して内心の照れを隠す。

好きな人のベッドだと思うと、もし自分ひとりだったら心おきなく枕の匂いを嗅《か》いだり布団の口許《くちもと》を噛んだりシーツにごろんごろんしたりできるし、こっそりクローゼットのダサいTシャツコレクションを覗き見したいんだけど、とうっかり変質者的なことを考えていたとき、樫原が引き出しから湿布《しっぷ》を取り出した。

「日暮、ちょっと俯《うつぶ》せになってみろ。さっき、犯人にいい蹴りかましてたから、急にあんなことして筋痛めたりしてるといけないし、俺がみてやる」

「え」

樫原さんが俺の脚を……？　と驚いてついコント風に片手を耳に当てて聞き返しそうになり、

「い、いや、大丈夫です。俺、高校のときテコンドー部で、毎日筋トレしてたし、いまも見かけによらず機敏《きびん》なぽっちゃりなので」

と慌てふためきながら言うと、樫原はプッと噴き、「いいから下向けって。腿《もも》の裏や脚の付け根は自分じゃ貼りにくいだろ」と転がされる。

脚の付け根なんて触られたら困るし、腿もふくらはぎも困る……！　と内心悶《もだ》えながら、大きな手で尻の下や脚をマッサージするように触られるのを歯を食いしばって耐える。

ハーフパンツをすこしまくって冷湿布を貼られ、ひやっとする刺激と相手の手が触れる刺激を真っ赤になって堪えていると、不意に脇から腹肉をむにっと摘《つ》まれ「ひぇっ！」と変な声をあげてしまう。

なにするんですか、とさらに顔を赤くして咎めると、

「おまえ、前よりだいぶ痩せちゃったな。京橋《きょうばし》の付き人だったときはもっとむちむちしてたのに」

とやや残念そうに言われる。

そんなにぽっちゃりが好きなら、俺でもいいって思ってくれないかな、とつい考えてしまったが、凡顔《ぼんがお》の男のぽっちゃりじゃなくて、きっと可愛い女子のぽっちゃりが好きなんだろうとすぐ我に返る。

「……そりゃ、きよらさんの付き人じゃなくなって結構経つし、ピーク時より痩せましたけど、俺にいたずらなんかしてないで、ちゃんと触り心地のいいむっちり系の女の人でも触ってくださいよ」

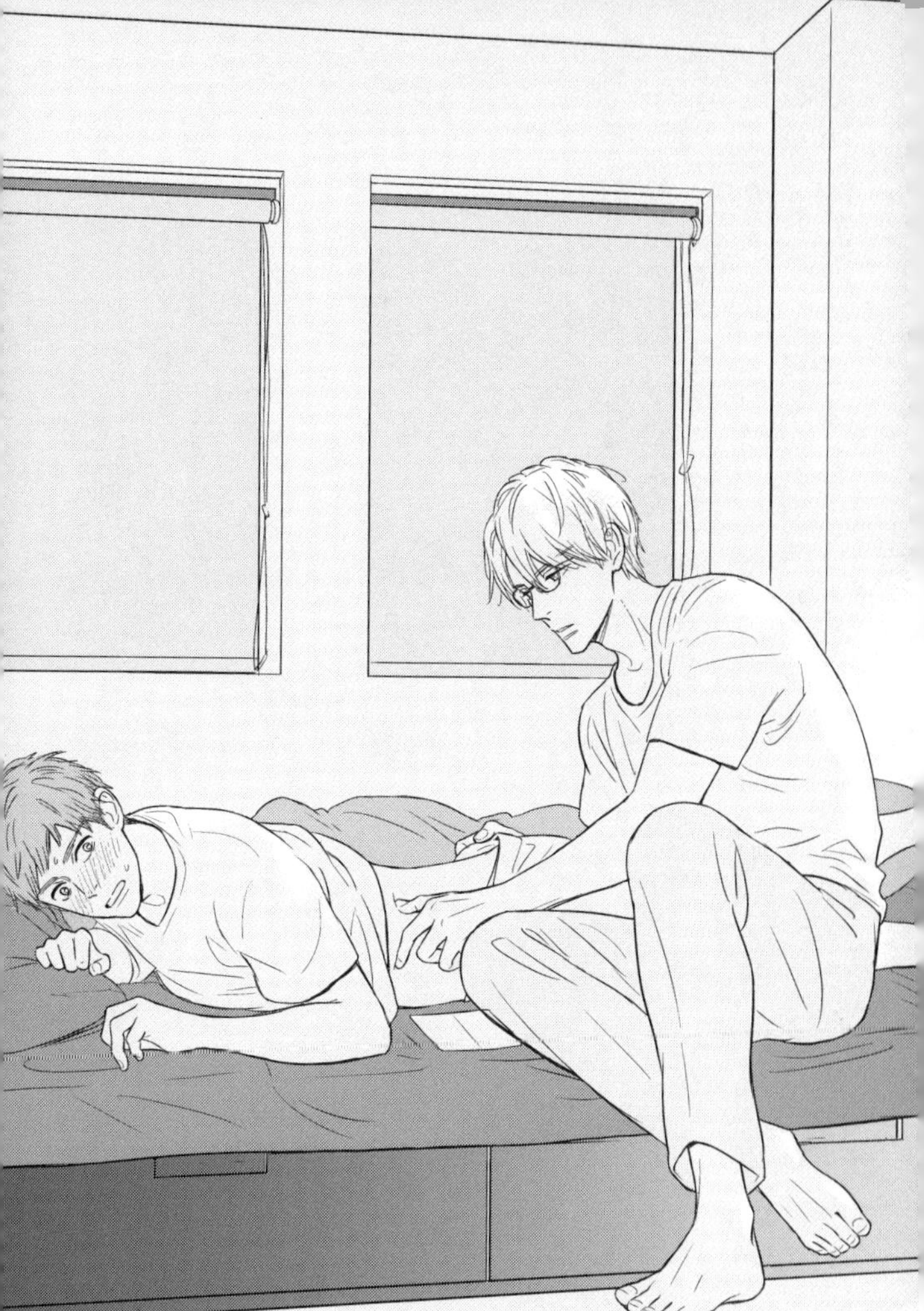

自虐的にそう言って、「湿布ありがとうございました。おやすみなさい」と布団に潜る。相手に触れられた感触やシーツの残《のこ》り香《が》に気を取られないように根性で寝ようとしたが、その晩遼太になかなか眠りは訪れなかった。

＊＊＊＊

翌日、ストーカーに家を特定されて昨夜の事件が起きたことを鑑《かんが》み、樫原《かしはら》が朝からあちこち連絡を取り、旬《しゅん》の新しい住まいを手配した。

次の現場への移動中、夕飯をどこで食べようか相談していたとき、旬が今日は葛生《くずう》の家に泊まりにいく約束をしたので夕飯はパスすると言った。

樫原が事件があったばかりだから新居で大人しくしておけと言うと、いつもは素直に従う旬が珍しく我《が》を張って葛生の元に行きたがった。

訝《いぶか》しんだ樫原が「キスマークついてるぞ」とカマをかけると「えっどこに？」とあっさり

引っ掛かり、問い詰めると昨夜葛生と結ばれたと白状した。

ボディガード役を頼んだはずの男にうちの箱入り息子が、と内心衝撃を受けたが、初めて会ったときから葛生が好きで、両想いになれて本当に幸せだし、芸能界か葛生かどちらか選べというなら迷わず葛生を選ぶという旬の気持ちを聞き、そこまで真剣に想っているなら味方になってあげたいと思った。

が、樫原は頭ごなしに大反対し、契約書の恋愛禁止の条項を楯《たて》に、今回限りなら目を瞑《つむ》るが、スキャンダル回避のためにすっぱり諦めろと無慈悲な命《めい》を下した。

そんな簡単に恋心がなかったことにできるなら誰も苦労しない、と我が身に寄せて同情してしまい、

「無理矢理引き離すなんてうまいやり方じゃないし、隠れてつきあう分には許してあげてもいいと思います」

と遼太《りょうた》は旬の肩を持った。

樫原はなんでおまえが、と裏切り者を詰《なじ》る瞳でミラー越しに遼太を睨み、

「バレたらどうする気だ。せっかくここまで来たのにこんなことで転落させてもいいのか？　俺だって個人的には性指向に偏見《へんけん》はないが、旬のキャリアや商品価値にケチがつくようなことは断じて認められん」

と強硬な態度で全否定してくる。

聞く耳も持たない言いざまに、まるで自分の想いも全否定されたかのように感じてしまい、遼太は長い付き合いの中で初めて樫原に楯突《たてつ》き、旬側に立って猛反論した。

この人のことは好きだけど、なんて人非人《にんぴにん》な朴念仁《ぼくねんじん》なんだろう、と思いながら、

「いま両想いの相手がいるのに三十まで待てと言えます？　事務所の都合で恋は諦めさせて、言う通りに働けなんて旬が可哀想です。旬に働いてほしければ、こっちだって譲歩しないと。メディアにすっぱ抜かれないように俺たちが全面協力して守るっていう方向で考えてあげませんか？」

と懸命に食い下がった。

どちらも折れない口論を止めたのは張本人の旬で、絶対に事務所に迷惑かけるようなことはしないから、という必死の懇願《こんがん》と、国民的スターにこの瞳で頼まれたら拒否はできないだろうという国宝級の上目遣いに、樫原はこめかみをひくつかせつつ、渋々旬の秘密の恋に手を貸すことに同意した。

そうと決めたら樫原の動きは早く、葛生を呼び出して旬と交際する上での注意点を事細かに指導し、真顔で性行為のNGプレイについても具体的に列挙し、もし禁を破れば去勢するとまったく冗談に聞こえない口ぶりで申し渡した。

以降、遼太と樫原は葛生の仕事のスケジュールも把握して、旬のオフや空き時間とすりあわせて自宅デートやお忍びデートの機会を設《もう》けている。

マスコミにバレないように配慮しながらの密会幇助《ほうじょ》は、以前琴里《ことり》の付き人時代にも経験済みだし、今回は相思相愛の恋人同士なので心理的な負担も少なく、たまの逢瀬《おうせ》のあとは旬の美貌がさらに光り輝くように力を増すので、やっぱり両想いの相手がいるっていいな、と微笑ましく、ひそかに羨《うらや》ましいくらいだった。

葛生のアパートで旬がお忍びデートをしている間、樫原とふたりでアパート脇に停めた車中でコンビニ弁当を食べていると、

「……しかし、あいつらが乳繰《ちちく》り合《あ》ってるのを待つ時間って、異様に長く感じるよな。……そういや、聞いたことなかったが、おまえには恋人いるのか？」

と不意打ちで心臓に悪い質問をされた。

思わずぶほっと鶏から弁当を噴いてしまいそうになるのをなんとか堪《こら》え、口中のものを咀《そ》嚼《しゃく》する間に動悸をおさめようと努《つと》める。

ごくんと飲み込んでから、遼太は首を振った。

「……いませんよ。だって出会いもないし、キングオブモブ顔だし、体重は『インターンはピンクでブルー』のときに旬が大量に剥《む》いたウサギ林檎ばっか食べてたら標準体重に戻ったけど、モブキャラは恋愛物にはお呼びじゃないんですよ。……樫原さんこそ、どうなんですか……？　なんとか時間やりくりしてキープしてる人がいるんですか……？」

一度聞いてみたくて、でもはっきり聞くのも怖くて勇気が出なかったことをこの機に乗じて

訊いてみる。

毎日平均十九時間は一緒にいるが、毎晩泊まりあっているわけではないので、わずかなプライベートタイムに恋人と会っていても不思議はない。

もし「いるに決まってるだろ」と言われても、動じた顔は見せずに「ですよね」と軽く返さなくては、と思っていると、

「旬のマネージャーやっててそんな暇あるわけねえじゃねえか。それにもうそういうマメなことする気力がねえし、そんな暇あったら寝たいと思っちまう。仕事の相手以外に電話もメールもしたくねえし、余計な気も遣いたくねえ。もう自分で右手動かすのも面倒くせえから、最近なんもしてねえし」

とまだ三十三なのに枯れ果てたことを赤裸々《せきらら》に告げられ、「……なるほど」とついいろいろ想像してしまいそうになりながら平常心を装《よそお》って相槌《あいづち》を打つ。

恋人の有無《うむ》だけでなく、そんなことまで聞く気はなかったのにということまで教えられ、うっかり「それなら俺が手伝いましょうか?」と口走りそうになり、遼太はハッとして口を噤《つぐ》む。

バカ、血迷うな、いくら気が利く付き人だって、下半身の世話まで進んでしたがったら怪しまれるに決まってるだろ。

恋人はいないって本人の口から聞けたことを喜べばいいだけで、余計な食いつきは禁物だか

ら、と自分を諌《いさ》め、

「それだけお疲れなんですね。よかったら、からあげ一個どうぞ」

と自家発電もできないほど疲れている相手を労《ねぎら》い、遼太は手コキの申し出より穏便《おんびん》なからあげのお裾分《すそわ》けを笑顔で申し出たのだった。

＊＊＊＊＊

遼太《りょうた》の片想いが一向に変化なしなのとは対照的に、旬《しゅん》と葛生《くずう》の仲は順調に進展していた。

時折旬のネガティブ思考が原因でこじれかけたり、バイのカメラマンにちょっかい出されて週刊誌ネタになったりすることはあったが、葛生の愛の深さと、遼太たちのアシストのおかげで深刻な事態には至らず、一年間の大河ドラマの主演を無事務めたご褒美《ほうび》に、同じマンションでの通《かよ》い婚《こん》と一週間のオフをプレゼントすることになった。

旬のオフと一緒に遼太たちも連休をもらえることになったので、樫原《かしはら》に休みをどう過ごすの

かさりげなく予定を訊いてみると、

「別に予定なんてない。連日うだうだするだけだ」

ときっぱり言われ、プライベートは一貫《いっかん》して面倒くさがりだな、と思わず苦笑が漏れる。

おまえはどうするんだ、と問われ、

「俺も特に決めてないですけど、たぶん一日目は部屋の掃除と洗濯で終わって、二、三日は積《つん》読《どく》本や映画のＤＶＤを消化して、あとは、もう何年も実家に帰れてないから、ちょっと顔出そうかなと思ってます」

と自分も結構うだうだだな、と思いながら言うと、樫原が「そうか」と頷いて続けた。

「連休の中日《なかび》、おまえの誕生日だろ。夜にでもちょっと寄ってもいいか？」

「……え。あ、はい、もちろん……！」

意外な言葉に内心驚きながら、遼太はこくこく頷く。

毎年自分と樫原の誕生日は旬がすこしいい店を予約して、プレゼントを用意して祝ってくれるので、遼太たちも便乗《びんじょう》して互いにプレゼントを贈りあっている。

樫原は例年仕事で使えるような高級な文具をチョイスしてくれ、どれも愛用させてもらっているが、今年はオフの只中なのでスルーされるか、くれるとしても休み明けかと思っていた。

覚えていてくれただけでも嬉しくて、うだうだデーの最中にわざわざ来てもらうのは悪いから俺が行きますよ、と言おうかと思ったが、自《みず》らプレゼントを催促しに行くみたいで図々《ずうずう》しいかも、としばし悩み、申し出どおり訪問してもらうことにした。

その日は朝から張り切ってカーテンまで洗って大掃除をし、もしかしたら中に上がらずにプレゼントだけ渡して帰ってしまう可能性もあるが、一応樫原の好きな一膳飯屋《いちぜんめしや》的なおかずを何品か作り、自分でケーキを買うのはさすがに浮かれすぎなので自粛《じしゅく》し、一日中好きな人がうちに来るというワクワクとドキドキとそわそわを満喫して過ごした。

七時過ぎ、いまから出るというメールがあり、ウキウキ味噌汁を温め直しながら待っていると、しばらくして待ち人がやってきた。

以前、初めての海外ロケのときに樫原の私服がイケてないことを知った旬が、それ以降似合うコーデをアドバイスしたり、プレゼントしたりしているので、久しぶりに見た私服もまともなチョイスで目の保養だった。

つい嬉しくてにやけそうになる顔を普通の笑顔になるよう調整しつつ、

「わざわざ来てもらっちゃってすいません。えっと、御礼に夕飯作ったんですけど、上がってく時間あります？」

と玄関先で訊いてみる。

もしほかに用があってすぐ帰られちゃっても、今日一日ずっとワクワクできて楽しかったし、面倒くさがりの相手が休日にここまで来てくれただけでも充分サプライズプレゼントだった、と思いながら返事を待つと、

「用意してあるなら食いたい。今日ずっと家で映画六本ぶっ通しで観て、ポップコーンとコーラしか口にしてねえから、まともな飯はありがたい」

とプレゼントの入った紙袋を差し出しながら中に入ってくる。

ありがとうございます、と受け取って食卓に掛けてもらい、ご飯をよそいにいこうとして、

「あの、先にプレゼント、開けさせてもらってもいいですか？」

と食べ終わるまで待ちきれずに子供じみたお伺いを立てると、小さく口許《くちもと》を笑みの形にして頷かれる。

今年のプレゼントはブランドの革の手帳カバーと、コント55号の若かりし頃の欽《きん》ちゃんと二《じ》郎《ろう》さんが面白いポーズで並んでいるプリントTシャツだった。

どこでこういうTシャツを見つけてくるんだろうといつもながら不思議だったが、コント55号は古藤《ことう》が大好きでよく古いビデオを一緒に見たことを懐かしく思い出し、遼太は笑顔全開で礼を言った。

「ありがとうございます、どっちもすごく嬉しいです。早速《さっそく》手帳カバーはこれに替えさせてもらうし、この欽ちゃんと二郎さんの笑顔も最高だから、しばらく飾ってからパジャマにさせてもらいますね」

「パジャマかよ」

だって、これで外歩くと注目浴びそうじゃないですか、と笑いながらご飯をよそい、一緒に

食べようとしたとき、樫原の携帯が鳴った。

すまん、と目顔で許可を取り、樫原が電話に出る。「どうしました、琴里《ことり》さん」という第一声で、相手が五十嵐《いがらし》琴里だとわかった。

旬がブレイクするまではふたりで琴里ときよらと旬を掛け持ちしていたが、尾崎《おざき》に引き継いでから何年も経《た》っている。

担当中は強い絆《きずな》で結ばれた運命共同体のようなマネージャーとタレントの関係も、一旦担当を外れると割合ドライで、現場で顔を合わせたら挨拶《あいさつ》はするが、プライベートで以前の担当者と連絡を取り合ったりすることはないのが普通である。

あれから琴里は最初の結婚をして四ヵ月でスピード離婚し、つい最近二度目の夫ともDVが原因で離婚したばかりで、誰かに慰《なぐさ》めてほしくて樫原に電話してきたのかもしれない、と思いながら聞き耳を立てる。

樫原はほぼ聞き役に徹しつつ、時々「……そうですか、それは辛かったですね」とか「気持ちはよくわかります」とか「なに言ってるんですか、そんなわけないでしょう」「失敗じゃなく、勉強したと思いましょう」「大丈夫です、琴里さんにはすこし陰がある役も似合いますから」などと意外なほど親身な言葉掛けをしている。

直接担当していたときは「あのアマ」呼ばわりだったが、実害を蒙《こうむ》らない間柄になり、大人の余裕を見せて美声で励《はげ》ましている相手を見つめ、離婚してひとりぼっちで淋しいとき、塩対応じゃなくこんな優しく慰められたら、余計胸に沁《し》みるだろうな、と遼太は思う。

　案の定《じょう》、会いに来てとか一緒にいてというようなことを言われたらしく、

「いまからですか？　それはちょっと……、いま出先で、先約があるので……、すみません、尾崎に向かわせますから、あとは尾崎のほうに」

　と言って樫原は通話を切った。

「悪い、長電話になっちまって飯冷めちゃったな。先食っててくれてよかったのに」

　そう言いながら尾崎にメールをする樫原に、遼太はすこし迷ってから口を開いた。

「……あの、俺のほうはもういいので、琴里さんのところに行ってあげてください。うちの看板女優の機嫌のほうが大事だし、琴里さんだって尾崎くんより樫原さんに連絡してきたんだから、待ってるんじゃないでしょうか……」

　琴里が辛いときに頼りたいと思った相手が、いつでも優しいタイプではなく八割塩対応の樫原で、それでも電話をしてきたということは、本当に声が聴きたかったのだろう。

　何年も前の担当になんの感情もないなら、わざわざ個人的な電話をして会いたがるわけがないし、樫原も予想外に温情的な態度で慰めていたから、脈ありなのかもしれない。

　少女時代に悲しい思いをした琴里には、まともな相手と幸せになってほしいと前から思っていたし、樫原なら口は悪くてもＤＶなんかしないだろうから、琴里がしくじったふたりの前夫より断然いい夫になると思う。

琴里は旬に次ぐジェムストーンの稼《かせ》ぎ手で、昔と変わらぬ美貌《びぼう》だし、樫原もしがない付き人なんかに想われるよりずっといいに決まっている。

今日は一日恋人の訪問を待つ疑似体験ができたし、相手らしいプレゼントももらえて、充分いい誕生日だった、と思いながら、相手のために作った手つかずの冷めたおかずに目を落としたら、なぜかぽたっと涙まで落ちてしまい、遼太は焦る。

「……日暮《ひぐれ》?」

突然零《こぼ》れた涙に自分でも驚いたが、もっと驚いた声で相手に名を呼ばれ、遼太はどう取り繕《つくろ》ったらいいのかわからず、バッと両手で顔を覆《おお》った。

「なんでもないですから、先約とか誕生日とか気にしないで早く行ってください。……樫原さんも、琴里さんの電話に全然嫌な顔も舌打ちもしないで、普段聞いたこともないような優しい声で延々慰めてたし、琴里さんも前はもっと年上じゃなきゃとか言ってたけど、いまなら文句ない年回りだろうし、感情抜きの伽《とぎ》は倫理的に問題だと思うけど、双方好意があるなら問題はないし、どうぞ美男美女で仲良くやってください」

早く涙を止めたいのに、意志とは無関係にぽろぽろ零れてしまい、俺は女優じゃないんだから二秒で泣けなくてもいいんだってば、とセルフツッコミしながら両手で目を拭《ぬぐ》っていると、樫原が戸惑った声で言った。

「なにぶちぶち言いながら泣いてんだ。ほんとになんでもないならそんな泣くわけねえだろ。

それに仲良くやれって、俺は五十嵐に特別な好意なんか持ってねえし、普段より優しく慰めてたって言われても、いつもおまえが旬とかみんなにそうやってるから見習っただけだぞ」

「え……」

目を上げると、眼鏡越しの目力の強い瞳とかち合う。

樫原はやや間をあけてから、表情を変えずに言った。

「当て推量《ずいりょう》より単刀直入に聞くほうが早いから聞くが、今おまえが泣いてる理由は、もしかして俺のことが好きだからか?」

「……っ」

直球の問いかけに、どう答えたらいいのかしばし固まる。

相手の前で盛大に泣いてしまい、今頃時間差で肉じゃがの玉ねぎを切ったときの成分が目に染みたなどと誤魔化《ごまか》すのも無理があり、遼太は逃げきれずにおそるおそる小さく頷いた。

「……すみません、俺に言われても嬉しくもなんともないと思いますけど……実は前から、旬をスカウトした頃からずっと、樫原さんに片想いしてました……」

「……」

相手の目がすこし見開かれ、たぶん引かれたに決まってる、と遼太はぎゅっと心臓と身を縮める。

同性で凡顔《ぼんがお》の三十二歳の分際で厚かましいこと言ってすみません、ともう一度謝ろうかと思ったとき、「そうか」と樫原が納得したように頷いた。

「別に謝る必要なんかない。おまえに好かれてるなら、結構嬉しいからな」

「え……？」

想定外の返事に驚いて思わず聞き返すと、樫原は黙ってしばし宙を見上げてから遼太に目を戻した。

「いま脳内で軽くシミュレーションしてみたが、おまえなら男でも抱けると思う」

「……は？」

ノーデリカシーなのはいつものことだが、あけすけすぎる言葉に目を剝《む》く。ぶわっと顔を赤らめる遼太に樫原は平然と続けた。

「片想いって、そういう種類の好きでいいんだろう？　いいぞ、おまえのことは前から人として気に入ってるから、恋人としてつきあっても。おまえには俺に欠けた穏やかさや気の長さや寛大さがあるし、そのぽうっとした顔見てると和《なご》むしな。もし告白される前に『無人島に一人連れてくなら誰がいいか』と訊かれてたらおまえを選んでたし、長年一緒にいてもイラつかない相手は珍しいから、きっと特別なんだろう」

「……」

いまひとつ素直に喜んでいいのか悩む返事だったが、どうやら相手は自分の気持ちを受け入れてくれるつもりがあるらしい、と遼太は呆然として目を瞬《しばたた》く。

でもまさか、ほんとにこんなことってあるんだろうか、と内心激しく取り乱していると、

「じゃ、そういうことで。飯食おうぜ」

いただきます、と何事もなかったかのような顔で夕飯を食べ始める樫原の目許《めもと》をよく見ると、ごくうっすら赤らんでいるように見えた。もしかしたらすこしだけ照れてるのかもしれない、と思ったら、胸がきゅんと疼《うず》く。

遼太もおずおず箸《はし》を取りながら、

「……あ、あの、嬉しいんですけど、返事をくれるまでのシンキングタイムが早押しクイズ並みに短かったし、ほんとに俺でいいんですか……？　男だし、モブ顔だし、油断すると太る質《たち》だし……、あ、太るのはいいのか。でもほかにも割と乙女思考だし、ずっと隠したまま一生片想いする気でいたくらい執念深いし、たぶん浮気されたら『俺なんか浮気されてもしょうがないし、帰ってきてくれさえすればいいですから』とか言いながら号泣《ごうきゅう》しそうだし、結構面倒くさい相手だと思うんですけど、それでもいいんですか？　考え直すなら早めにお願いします」

とぬか喜びしたくなくて相手を窺うと、赤魚《あかうお》の煮付けを食べていた手を止めて、樫原が小さく苦笑した。

「早押しは問題文の頭で答えるから、それよりは熟考《じゅっこう》したぞ。それに面倒くさい人間は京橋《きょうばし》や五十嵐や旬で慣れてるし、あいつらに比べたらおまえなんか面倒のうちに入らねえよ。男でも乙女でもモブ顔でもおまえがいいっつってんだから、それでいいじゃねえか」

「……」

そう言い切り、さっきより目許の赤味をほんのり濃くしてばくばくご飯をかっこむ樫原を見つめ、それでいいのかな、たぶんいいような気がする、だってデリカシーはないけど嘘は言わない人だから、きっと本心から言っているに違いないし、と遼太も頬を熱くする。

たまにはモブが主役になる恋愛物もあるのかもしれない、とやっと素直に恋の成就《じょうじゅ》を喜ぶことに決め、遼太は満面の笑みを浮かべた。

＊＊＊

予想外の返事をもらえてほわほわしたまま夕飯を食べ終え、皿を片付け終わると樫原《かしはら》が言った。

「せっかくだから泊まってってもいいか？　おまえがよければ、誕生日プレゼントの追加で、さっき脳内でシミュレーションしたことを実践してもいいんだが」

「……えっ⁉」

ロマンチックさの欠片《かけら》もない言い方で、ただの仕事仲間ではなく恋人として泊めろと言われたのだとわかり、遼太《りょうた》はボッと赤面する。

そんないきなり、さっき告白して成就《じょうじゅ》したばかりなのに早いのでは、と動揺して遼太はしどろもどろになる。

「……あ、あの、樫原さんが仕事も私生活も決断早いのはよく知ってるし、お申し出はありがたいんですけど、今日はもう充分すぎるほどサプライズプレゼントをもらったし、さらに追加までもらうのはさすがに図々《ずうずう》しいかな、と……。今日は片想いを叶えてくれただけで大満足なので、そこまでしてくれなくても大丈夫ですから」

照れまくりながら言うと、樫原は数秒黙ってから不服げに目を眇《すが》めた。

「……おまえ、気を回しすぎるのも逆に野暮《やぼ》だぞ。ちょっと遠回しに言っただけで、真意は痩《や》せてもなんかぷにっと感のある恋人の身体に触りたいから泊めろっていう意味だ。ありがたい申し出って言うなら断るんじゃねえ」

「……え」

あなたに野暮と言われたくないと思ったが、ずっと好きだった相手に『恋人の身体に触りたい』なんて言われたら、もう乙女思考で恥じらってる場合じゃない、と遼太は意を決して相手を見上げた。

「……あの、じゃあ、遠慮なく、実践していただければ……、えっと、女性とも男性とも未経験なんですが、なんでもやりますので、よろしくお願いします」

期せずして初対面の挨拶《あいさつ》と被《かぶ》ってしまったが、「よろしく」と答えた相手の声には七年前とは違って面白がるような温かみがあった。

先に相手にシャワーを浴びてもらい、交替で浴室に入ると、遼太はビシャーッと勢いよく頭から水シャワーをかぶってのぼせを冷ます。

……どうしよう、勢いでお願いしますと言っちゃったけど、いまから樫原さんとそういうことをするなんて……、いままで一度も妄想したことはないと言ったら嘘になるけど、まさか実現するとは思ってなかったから、死ぬほど恥ずかしい、と乙女思考で悶《もだ》える。

相手がどんな脳内シミュレーションしたのか謎だが、「たぶんおまえなら抱ける」と言ってくれたから、リードしてもらってもいいのかもしれないけど、初心者だからってあんまりマグロだと、面倒くさがられてしまう可能性もある。

業界にはゲイも多いからいろいろ小耳に挟んだ知識を駆使《くし》してできる限りの奉仕をしなくては、と決意しながら全身を磨《みが》きたてる。

脱衣室で身体を拭《ふ》きながら、普通こういう時は髪まで洗わないものだったかも、と今更赤面しながら急いで乾かし、さっきもらったTシャツを着て部屋に戻ると、ベッドに掛けていた樫原がブッと噴いた。

「なんでそんなの着て出てくんだよ」

「え。ダメですか？　せっかくもらって嬉しかったから早速おろしちゃったんですけど」

やっぱりちょっとムードに欠けたかも、と思いながら両手で裾《すそ》を摘《つ》まんで欽《きん》ちゃんと二郎《じろう》さんを見おろすと、

「……おまえ、ほんとに可愛い奴だな」

と苦笑され、「へ？」と目を丸くしてしまう。

そんな形容詞は幼少時に同じ凡顔《ぼんがお》の両親に言われたことくらいしかないので驚いていると、樫原はぶっきらぼうに言った。

「なんだよ、別にお愛想じゃねえぞ。前からわざわざ言わなかっただけで可愛げがある奴だと思ってたし。おまえ、よく自分で凡顔とかモブ顔とか卑下《ひげ》するけど、基本が癒《いや》し系の笑顔だし、サンリオキャラ的な可愛さはあるから自信持て」

三十二の男としてそれはどうなのかという比喩《ひゆ》に目を瞬《しばた》きつつ、相手が可愛いと思ってくれるならまあいいか、と遼太は照れ笑いを浮かべる。

隣に来るよう視線で促《うなが》され、ドキドキしながら隣に座ると、「これは面白いから脱げ」とTシャツを頭から抜かれる。

樫原さんも、という前にさっさと自分からお泊まり用のTシャツを脱いで眼鏡も外し、オフモードの素顔に見惚《みと》れる間もなく唇を塞《ふさ》がれる。

「……んっ……！」

相手とのキスも一度も妄想したことがないと言ったら嘘になるが、想像の何百倍も嬉しくて

ときめいた。

「……うっん、ンッ……」

樫原は相手が男の自分だということになんら躊躇《ちゅうちょ》は見せず、角度を変えて深く結びあわせ、舌を中に滑りこませてくる。

「んっ、はっ……」

相手の舌が歯列《しれつ》の付け根や上顎《うわあご》を這いまわると下半身に直結してしまうほど気持ち良くて、遼太もおずおず舌を伸ばし、相手の口中を舐《な》め、舌を絡ませる。

「……ンッ、ふっ、ぅん……」

キスしながら後ろに押し倒され、覆《おお》いかぶさってきた相手の下半身も熱を持っているのがわかり、嬉しくて下からそっと腰を押しつけて揺すってみる。

相手をすこしでも気持ちよくしたいだけだったが、うっかり半勃《はんだ》ちの自分のもののほうが敏感に反応して硬く反《そ》り返ってしまう。

今日はどこまでする気なのかわからないが、男の勃起に我に返って萎《な》えたらマズい、と慌てて腰を引き、遼太は唇をほどいて肩で息をしながら言った。

「……あの、樫原さん、前に、自分で右手を使うのも面倒だって言ってたでしょう？　あのとき、俺がやってあげたいなって思ったんですけど、そんなこと言ったらドン引きされると思って言えなくて……だから、いまなら、俺にさせてもらってもいいですか……？」

経験はないが、手や口なら男も女もないし、またしてもいいと思ってもらえるように頑張らなくては、と意気込みながら見上げると、樫原は至近距離から両手でむにむに遼太の頬を揉《も》みながら言った。

「言っとくが、俺は誰でも彼でも面倒くさがるわけじゃねえ。どうでもいい奴には指一本動かしたくないだけで、おまえにはあれこれしたい気になってんだから、余計滾《たぎ》るようなことを言うな」

再び深く口づけられ、片手で下着の中の性器を直に掴まれる。

「んぅっ……！」

ためらいもなく握りこんで上下に扱《しご》かれ、他人にされるのも初めてなのに、樫原の手でされる興奮と快感に、焼きたてのホットケーキの上のバターみたいに溶けそうになる。

「ンッ、ンッ、ふ、んんっ」

キスされながら下着の中でぬちゅぬちゅと先走りで濡れた幹を擦《こす》られ、敏感な尖端も捏《こ》ね回され、気持ちよすぎてされるままに悶えていると、下着ごとハーフパンツを脱がされた。

相手もボトムスを脱ぎ、露わになった屹立《きつりつ》を遼太のものに擦りつけ、二本まとめて握りこんで大きな手で扱きだす。

「ん、あぁっ……！」

裏筋を重ねてグリグリと強く擦りたてられ、相手が男のものに萎えるかも、という心配は杞《き》

憂《ゆう》だと身体で教えられる。

「あっ、アッ、すご、きもちぃっ……」

自分でする行為と比べものにならない快感に、無自覚に相手の掌と性器により強く押し当てるように腰を揺すってしまう。

もう出そう……！　と思ったとき、手を離され、身体を裏返された。

「……最後まではしねえから、もうちょっと、してもいいか……？」

背後から息の上がった低い美声で問われ、『もうちょっと』がどれをさすのか頭が働かないままこくこく頷く。

相手にならなにをされてもいいし、もしほんとにSでも樫原なら大丈夫な気がする、と思いながら喘《あえ》いでいると、四つんばいにさせられた脚の間にぐちゅりと硬い性器を突き込まれた。

「んぁっ……！」

尻の間に長い剛直を何度も何度も擦りつけられ、初心者には過ぎた刺激に頭がどうにかなってしまいそうに興奮する。

「あっ、アッ、んっ、ンンッ」

相手にもすこしでも感じてほしくて、腿《もも》を閉じて締めつけ、奥から押し込まれて濡れた尖端が出てくるたび掌で包むように撫で回す。

お返しのように乳首や性器を愛撫しながら腰を使われ、本当に身を繋げているような恍惚感に、ただ終わりたくないということだけしか考えられなかった。

「は、はぁっ、樫原さっ、いい、…もちぃっ」

相手の息も荒くなり、打ち込まれる律動が速まっていく。

「……かけるぞ……」と呻《うめ》くように言いざま、ずるりと抜かれた怒張《どちょう》から後孔《こうこう》めがけて射精され、その刺激に遼太もビクンと震えながら相手の掌の中で極めた。


「……あの、すみません、俺、なんでもしますって言ったのに、してもらうばっかりでなにもできなくて……。樫原さんはたぶん高級な風俗のプロ技とか体験済みだと思うんですけど、俺もこれから頑張りますので、その人たちと比べないでもらえると嬉しいんですけど……」

素股で達《い》ったあと、後始末をしてくれた相手にベッドで抱き込まれながら謝ると、樫原はまた指先で遼太の顎肉《あごにく》をむにっと摘《つ》まんで言った。

「そんなとこ面倒くせえから行ったことねえよ。商品に手を出したこともねえし、おまえ、俺のことといろいろ誤解してんじゃねえか。それに、おまえはなんにもしてなくないだろ。きつく締めてくれたり、亀頭《きとう》撫でてくれたり、こんなときでも気が利く奴だなと思ったぞ」

「……」

だからデリカシーがないし、と赤面しつつ、台詞《セリフ》の前半を反芻《はんすう》する。相手が高級な風俗嬢とも女優との伽《とぎ》もしていないということが判明し、遼太は顎肉を摘まれながらぱぁっと笑みを浮かべる。

「よかった……。あ、いまのは『亀頭』とかはっきり言っちゃうデリカシーのなさがいいって言ってるんじゃなくて、樫原さんが潔白だったことにホッとしてるだけですからね」

素股でこれだから、ちゃんと身を繋げた日には『尻穴』だのなんだの言いそうで困るが、できれば近いうちにちゃんと結ばれたいな、とも思う。

でも休み明けからまた旬のスケジュールが目一杯詰まってるし、と思った途端、遼太はハッと固まる。

どうした、と問われ、遼太は夜の営《いとな》みを子供に見つかったときのお母さん気分で相手を見上げた。

「……あの、俺たちがこうなったこと、旬になんて言いましょうか……。言わずにとぼけます……？」

七年間毎日三人で一緒に過ごしてきた仕事仲間が、急に恋人になったと言ったら旬も戸惑うに違いない。

でも、隠そうにも樫原なら基本が無表情なのでいいとしても、自分は浮かれてにまにましてしまいそうで隠し通せるか自信がない。

樫原は片手で遼太の両頬をぷにっと挟みながら言った。

「別に普通に話せばいいじゃねえか。こっちだって、通い婚するまで旬が葛生《くずう》さんといつどこで何時間乳繰《ちちく》り合ったかすべて把握してたんだし、おあいこだろ。それに俺たちが恋人になったところで、あいつから見たらたいした変化じゃないんじゃねえか。前から俺たちはあいつの父親と母親みたいなもんだったし」

たしかにそうかも、と納得しつつ、両親みたいということは、相手も前からずっと仕事の相方以上のニコイチのペアだと思ってくれてたということかも、と改めて嬉しくなり、遼太は下唇をリスみたいに前歯で噛んで照れ笑いを堪える。

途端に、

「そういう可愛い顔、外でやるなよ。旬にも見せるな。俺の前だけにしとけ」

とがじっと唇に噛みつかれる。

俺を可愛いなんて思うのはこの人だけだと思うのに、モブの分際で独占欲を抱いてもらえるなんて、とひそかにときめく。

がじがじと甘噛みされ、やっぱり相手はちょっとSっ気があるみたいだけど、これくらいなら全然大丈夫、と思いながら、遼太は甘噛みが甘いキスに変わる前にうっとりと目を閉じた。

彼は時々ロマンチスト

KARE WA
TOKIDOKI
ROMANTICIST

ここ数年来、左向きで寝る習慣がある。

なんとなくしっくり落ち着く気がして、自宅でも宿泊先のホテルでも大抵左を下にした横向きで眠りにつく。

いつからその寝方をするようになったのか思い返すと、たぶん片想い中に樫原《かしはら》の家に泊めてもらうようになってからかもしれない。

ソファを借りて仰向《あおむ》けになると、左側に相手の寝室がある。毎回こっそりそちらを向いて、もしこの壁が透視できたら、と妄想しながら寝落ちしていたので、ほかの場所でもその向きで寝る癖がついてしまったのだと思う。

今朝も自室で目を覚ましたとき、見慣れた左向きのアングルが視界に映った。

顔のそばにある自分の両手のアップと、その奥に昨日クローゼットの中まで大掃除をしたばかりの室内が見える。

カーテンに淡く透ける朝日は早朝の色合いで、まだ貴重な連休中だから二度寝しよう、と目を閉じかけ、遼太《りょうた》はハッと息を飲んだ。

……いや、のんきに二度寝なんかしてる場合じゃない。アングルはいつもの朝と同じでも、いつもと全然違うことがいっぱいある……！

遼太はおろおろと視線を泳がせながら間違い探しを始める。

まず、普段は床に脱ぎっぱなしにしたりしないのに、二着分の部屋着や下着が落ちていて、昨日までのワードローブにはなかったTシャツの胸元の鈫《きん》ちゃんと目が合っているし、直《じか》にシーツが触れるから全裸みたいだし、同じく着衣をしていない誰かに後ろから両腕を回されて肩を抱きしめられている。

……こ、この状況は……、と遼太は瞬時に真っ赤になり、動揺して奇声を上げそうになるのをなんとか堪える。

エジスク時代もよくメンバーと雑魚寝《ざこね》をしたが、ここまで密着したことなんてないし、昨日の今日でこうなる可能性のある人物はひとりしかいない。

……こんなドラマに出てくるようなベタ甘な後朝《きぬぎぬ》ポーズを、旬《しゅん》クラスの美形俳優が演じるならともかく、凡顔《ぼんがお》の分際でいけしゃあしゃあとしてもらっちゃってすみませんっ……！　と詫《わ》びつつも、生まれて初めて好きな人にバックハグされて目覚めた喜びに打ち震える。

自分が恋物語の主演をすることは一生ないだろうと思っていたモブキャラ人生に、昨夜《ゆうべ》まさかの出来事が起きた。

長い間ひそかに想い続けていた樫原に撃沈覚悟で告白したら、ほぼ即答に近い早さで「いいぞ、つきあっても」とあっさり言われ、あれよあれよという間に肌まで触れ合わせてもらえた。

ずっと叶うとは期待しておらず、昨夜は夢のように幸せで昇天しそうだったが、今朝も乙女男子なら一度は夢見るバックハグまで……、平素クールな樫原さんがこんなことをしてくれるなんて信じられない、とひとしきりもじもじしているうち、ふと、ほんとにおかしいかも、と遼太は我に返って真顔になる。

パニックの一夜からすこし経《た》ち、若干冷静さを取り戻してみると、やっぱりなにもかもうまくいきすぎなんじゃないだろうか、と急に現実感覚に目覚める。

幼稚園の頃から培《つちか》ってきたモブキャラコンプレックスは根深く、容姿も中身も凡庸《ぼんよう》な自分を樫原さんが恋愛対象にしてくれるなんて奇跡展開すぎるし、なにかほかの理由で承知してくれたのかも……、とどんどん弱気になってくる。

これまでのつきあいから、相手は心にもないことは言わないはずだと思い込んで、昨夜は額面どおり受け取ってしまったが、人を傷つけないための大人の嘘や社交辞令くらい口にするだろう。

鉄面皮《てつめんぴ》に見えても優しさも持ち合わせている人だから、長年仕事を共にしてきた同僚が泣いて告白してきたら、不憫《ふびん》に思って情けをかけるかもしれないし、容赦《ようしゃ》なく振ったら今後ぎくしゃくして仕事に支障を来《きた》すのも面倒だと忖度《そんたく》した可能性もある。

きっと自分から打ち明けなければ、同僚以上の好意は抱いてくれなかった気がするし、「おまえがいい」とは言ってくれたが、正確なニュアンスとしては「おまえでもいい」という意味で、いまは特定の交際相手もいないし、触るのも耐えられないほど嫌いではないから、性欲処理の相手にでも使ってやるかという気でＯＫしてくれたのかもしれない……。

いま背中を抱いてくれているのも別に甘い意図ではなく、単にベッドが狭いからか、寝ぼけてサンリオキャラのぬいぐるみを抱いている夢でも見ているのかも、と思えてくる。

……でも、お情けで恋人になってやると言ってくれたのだとしても、昨夜初めて裸で触れ合ったとき、性欲処理の道具みたいには扱われなかった気がする……。相手はノンケなのに自分相手でもちゃんと反応してくれたし、自分のしたいようにしているようでいて、こちらを置き去りにしたりせず、予想外に優しくしてくれた。

遼太は昨夜のあれこれを思い出し、ぼわっと頬を熱くする。

キスやそのほかのことをするのが初めてで緊張もしたが、もっともっとしたいという気にさせてくれたし、事後には面倒がらずに身体を拭《ふ》いたりもしてくれた。

担当タレントに口ではツケツケ言いながら、きめ細やかなケアを怠《おこた》らないことは前から知っていたが、自分にもそんな風に甲斐甲斐《かいがい》しくしてくれるなんて嬉しい誤算でキュンとしてしまった。

最後まではいたさなかったが、経験不足でテクもない自分ではあまり愉《たの》しめなかったかもと案じて、「次はもっと頑張るので」と必死にアピールしたら、デリカシー皆無《かいむ》の言い方で悪くなかったようなことを言ってくれ、旬に恋人になったことを隠さなくていいとも言ってくれた。

そう思い返すと、やっぱりちょっとは同志愛以上の好意を持ってくれてると思ってもいいんだろうか、いや、ただのうぬぼれかも、と揺れ動く。

もうすぐ相手が目を覚まして最初に口にする第一声を想像してみると、「おはよう。もう恋人になったんだから、遼太って呼んでいいか」と甘い声で言ってくれる姿なんて妄想でも難しいけど、「チッ、抱き枕と間違えたぜ。昨夜はおまえの涙に驚いて、うっかり恋人になってやると言っちまったが、やっぱり無理だから撤回《てっかい》させてくれ」と言う姿のほうがまざまざと想像できる……、と遼太はリアルな妄想をしておののく。

いままで恋愛面での成功体験がひとつもないので、今回のことも疑心暗鬼から抜け出せず、昨夜相手から言われた言葉について再度検証し直してみる。

樫原さんは『人として気に入ってる』と言ってくれたけど、『人として』という言葉は『人間性』とか『人柄』に関する誉め言葉で、『性愛』の対象とは微妙にずれる気がするし、『告白される前に無人島に連れて行くならと訊かれてたら、おまえを選んでた』と言ってくれたのも、気心も知れていて、家事もお互いそこそこできるし、諍《いさか》いも起きず平和に暮らせそうだからという茶飲み友達的な選択な気がするし、『長く一緒にいてもイラつかない』は、短気な樫原さんになんの爪痕《つめあと》も残せない無味無臭の存在ということかもしれないし、どの言葉も恋愛対象と思われてるのか微妙な気がする……。

……もし恋愛対象ではないのに同情で交際を了解してくれたとしたら、本当なら無理をさせてすみませんとお詫《わ》びして身を引くのが正しいことかもしれないけど、樫原さんのことが大好きだから、向こうから「やっぱりおまえとはただの同僚でいたい」と切り出されるまで、一日でも長く恋人づきあいしてもらいたいと思ってしまう。

ただ、一日どころか起きた途端に速攻で「やっぱりおまえとは」と言われる可能性もあるけど、そのときは一夜のサプライズだったと受け入れて、モブキャラの雑草魂《だましい》で強く生きていこう。

いつ切り出されるか時限爆弾並みの恐怖だけど、タイムリミットの瞬間ギリギリまでは恋人気分を満喫しよう、と後ろ向きな前提で前向きに気持ちを切り替える。

腕の中にじっとおさまり、背中に感じる相手のぬくもりや、ゆるやかな寝息に包まれながら、自分の右肩を抱いている相手の左手を見おろす。

……こんな近くでじっくり凝視《ぎょうし》したことなかったけど、樫原さんの手って、節《ふし》が長くて、爪の形も整ってて、大きいけどごつごつはしてなくて、指毛も目立たなくて、高級腕時計の手タレができそうなかっこいい手だな。俺の手はどうも子供っぽいけど、樫原さんの手はここだけ見ても出来る男ってわかるような手だし……こんな手が昨夜俺のあんなところを……じゃなくて、樫原さんの素敵なところは手以外もたくさんあるし、自分が表舞台に立つ仕事でも充分やっていけるレベルの美形だから、もし高校時代にクイズに青春かけながら俳優やモデルの道も目指してたら、きっとそっちでも成功してたんじゃないかな。

もし自分がキャスティング担当で、十代の樫原さんが新人イケメンの登竜門のヒーロー物や戦隊物のオーディションに現れたら、即合格させちゃうし、長身で目力が強くて低音の美声を活《い》かして、かっこいい悪役とかに起用したいかも。

脳内で片目にメカニックなゴーグルを装着したマント着用の悪役コスプレをさせて、めちゃくちゃ似合う！　とひとりで興奮する。

……でも、ちびっこたちのお母さん世代にマニアな人気が出て、その後も存在感のあるサイコな犯人役とかで異彩《いさい》を放つ性格俳優になりそうだし、もし樫原さんが俳優として成功しちゃったら、たぶん俺とは接点がなくなっちゃうから、やっぱりいまのは全部なし！　と慌てて脳内妄想を削除する。

樫原さんには悪いけど、いままでどおり地味なスーツと眼鏡とツン顔と毒舌《どくぜつ》で素材の魅力を霞《かす》ませて、裏方のままあんまり一般受けしないでほしい。

そのかわり、恋人からは降格したとしても、世界で一番熱い樫原さん推《お》しに俺がなるから！　と鼻息荒く決意していると、相手の手がもぞりと動いた。

妄想に熱が入りすぎて身じろいじゃったから、寝起きのいい樫原さんを起こしちゃったかも、と内心慌てる。

そろりと視線だけ動かして背後を窺おうとしたとき、相手の手がなにかを探すように喉元《のどもと》まで伸びてきて、いきなりぷにっと顎肉《あごにく》を摘《つ》ままれた。

（えっ、またそこ……？）

昨夜も妙にそこを何度も弄《いじ》られた。やっぱり体重が元に戻っても余分な弛《たる》みが残ってて摘まみやすいんだろうか、と戸惑いながら、「あの……」と背後に小声で呼びかける。

顎の下で指先が緩慢《かんまん》に動いているのに返事が返ってこず、つむじあたりですうすうと寝息も続いている。

どうやら眠りながら無意識に弄っているらしく、遼太は小さく苦笑を漏らす。

寝ながらでも探して触ってくるなんて、そんなにそこが気に入ったのなら好きなだけ触ってくれていいけど、と思いながらくすぐったさを堪えていると、

「……んー……、朝からいいぷにっぷりだな……」

とまだ眠そうな、でも寝言よりははっきりした呟きを耳孔《じこう》に注がれ、遼太はドキッと大きく鼓動を揺らす。

妄想した第一声のどちらでもなかったが、起き抜けでも破壊力抜群の美声に内心悶《もだ》える。

「……お、おはようございます。……えっと、すいません、ベッドが狭くて、くっついてもらっちゃって」

面と向かうのが恥ずかしくて、振り向かずに謝ると、樫原は遼太を背中から抱いたまま、顎肉を揉む手も止めずに言った。

「別に狭いからくっついてるわけじゃねえ。おまえが結構もち肌で触り心地がいいからくっついてるだけだ。……嫌か?」

「え……い、いえ、全然嫌じゃないです、俺は……」

慌てて首を振りながら、スペースの問題ではなく、意識的に抱いて寝てくれたということな

んだろうか、と内心ドキドキおろおろする。

いや、感触のいいぬいぐるみと思ってるだけかもしれないんだから、と己を戒《いまし》める。

「……えっと、俺、もち肌ですかね……？　そんなこと言われたの初めてだし、自分じゃよくわからないですけど。ほかに顎の下とか触ってくる人いないし」

そんなに顎肉を気に入ってくれたのなら、スラムダンクの安西《あんざい》先生くらい触り心地良さそうなたぷたぷの二重顎になったらもっと喜んでもらえるだろうか、と極端なことを考えていると、

「ほかの奴になんか絶対触らすんじゃねえぞ。俺のほかにそんな真似しようとする奴がいたら、元テコンドー部仕込みのキックをお見舞いしてやれ」

と無用な注意をされる。

俺の顎肉を触りたがる人なんてほかにいないのに、また独占欲みたいとうぬぼれたくなるようなことを……、と思っていると、

「……あぁ、このぷにっと感、癖になる。実は前からおまえのほっぺたとか耳たぶとか見て、気持ちよさそうだからむにむにしてえなって思ってたんだが、『ちょっと肉揉んでいいか』とか言ったら引くだろうし、我慢してたんだ。これからは心おきなく触れるようになってよかった」

と満足げに言いながら、顎肉と反対の手で耳たぶをぷにぷに揉まれる。

「えっ、前から……!?」

そんなこと初耳なんですけど……！　と遼太は驚いて目を瞠《みは》る。

耳でも顎でも頬でも、触りたいなんて思ってくれてたなら、遠慮なく言ってくれれば『どうぞ』っていつでも差し出したのに……！

一番むちむちしてた頃だと片想いを自覚したばかりだったから、平常心演技をするのは難しかったと思うけど、その後なら隠す演技も上達したから喜んで触ってもらったのに、と前のめりに言いかけ、ふと遼太は首を傾《かし》げる。

……前から樫原さんはふくよか萌えがあるし、差し入れのお菓子でも大福とかもっちり系が好きだから、そういうフェチがあっても不思議じゃないけど、普通ノンケの人が触りたいと思うのはぽっちゃり女子のパーツなんじゃないだろうか……。それに基本的にデリカシーに欠けた人だから、こちらが引こうが触りたければ平気で触りそうなのに、俺に引かれたくなくて遠慮してたなんて、意外な配慮を感じる。

やっぱりすこしはただの同僚以上に気に入られていたんだろうか、いや、だからモブの分際でおこがましいってば、と期待しては打ち消すセルフツッコミを繰り返す。

あれこれ考えている最中も、樫原は遼太を抱いたまま飽きずにむにむに指を動かしている。

いまのところまだ切り出されていないが、いつ「やっぱり昨夜のことなんだが」と言い出されるかわからないという状況に気が気ではなくなってきて、遼太はしばらく迷ってから、意を決して自分から水を向けることにした。

「……あの、樫原さん……、ひとつ聞きたいことがあるんですけど……」

勇気を出して身体ごと振り返り、今日初めて樫原と対面する。

今までもロケ先のホテルなどで同室になるたびに寝起きの樫原を見てきたが、いつもは起床と同時にビジネスモードに突入して目にも止まらぬ速さで仕度を始めるので、こんなにゆったり寛《くつろ》いだ様子は初めてだった。

思わず見惚《みと》れていると、眼鏡のない涼しげな瞳にうすく笑みを覗かせ、「なんだ、聞きたいことって」とキュンとせずにはいられない甘やかなトーンで訊ねてくる。

これがすべてただの同情によるものなら、善意からでも罪作りすぎる、とときめきと切なさに身を揉みながら、遼太は小さな声で言った。

「……あの、昨夜、恋人になってもいいと言ってくれたのは、樫原さんの本心ですか……？」

どうか本心であってほしいと願いながらおずおず訊ねると、樫原は穏やかだった眼差しを「……あぁ？」と剣呑《けんのん》に眇《すが》めた。

「なに今更寝ぼけたこと言ってんだ。本心以外になにがあるって言うんだよ」

短気にむぎゅっと強めに片頬を摘まれ、遼太は痛みに顔を顰《しか》めながら言葉を継ぐ。

「……そ、それは、ほんとはただの同僚愛しかなかったのに、俺が泣き落としたから、同情してくれたんじゃないかと……」

「はあ？　俺がただの同僚のチンコ握ったりするわけねえだろ。……急にどうしたんだよ、おまえ。昨夜は喜んでにこにこしてたじゃねえか」

相変わらずのノーデリカシーな言い種《ぐさ》で怪訝《けげん》そうに問われ、遼太は噛んでいた唇をほどく。

「……昨夜はのぼせあがって、うっかり喜んじゃったんですけど、よく考えたら、俺が旬くらい美形で樫原さんを唸《うな》らせる才能の持ち主ならともかく、ノンケの樫原さんに性別を超えて選んでもらえるようなキャラじゃないって自覚はあるし、同情か忖度かもって……、だとしても充分ありがたいし、全然構わないんですけど」

片頬を摘まれながら縋《すが》るように見つめると、樫原は呆れ顔で大きな溜息をつき、反対側の頬まで両方ぶにっと容赦なく引っ張った。

「……おまえ、長年旬のネガティブ妄想につきあいすぎて、うつっちまったんじゃねえか？　やっとこの頃葛生《くずう》さんのおかげであいつのめんどくささから解放されたと思ったら、今度はおまえかよ」

チッと舌打ちし、樫原はがしっと両手で遼太の顔を固定して、間近から見据えながら言った。

「いいか、ノンケノンケってうるせえけど、ノンケだって女なら誰でもいいわけじゃねえし、男でもこいつならいいと思う相手がいたら選んだっていいだろうが。それに俺は昨夜、『この顔を見てると和《なご》む』『癒《いや》し系の笑顔が可愛いから自信持て』ってちゃんと言ったよな？　聞いてなかったのかよ」

「……それは、聞いてましたけど……」

「じゃあ、素直に信じりゃいいだろうが。俺が口先だけの世辞は言わねえ奴だってわかってるだろ。もしおまえと旬のどっちが綺麗かって聞かれたら、そりゃ客観的に向こうだが、どっちが好みかって話なら、俺はおまえのほうが好みだ。中身だって昨夜好きなところをいろいろ挙げてやったのに、なんでまだうだうだ言ってんだ。……そんなに不安ならもう一度はっきり言ってやる。俺はおまえが好きだ。顔も性格も気に入ってるし、おまえとならずっと先まで一緒にいるところが想像できる。こっちはとっくに恋人になった気でいるのに、根本から覆《くつがえ》すような変な心配すんじゃねえ。わかったら、もう二度とめんどくせえこと言うなよ」

ギュッと両頬を抓《つね》りながら断言され、遼太は痛みと感激で涙目になりつつこくんと頷く。

きつい眼差しとぶっきらぼうな口調と容赦ない手つきなのに、ちゃんと真意が届いて胸が震える。

昨日言ってくれたことを改めて繰り返してくれ、さらに言葉を足して、どう聞いても誤解しようのない言葉で安心させてくれた相手をまた好きになる。

男でも凡顔でもこのままの自分を本当に受け入れてくれたのだとやっと確信でき、遼太は心底安堵する。

相手が一般的な審美眼の持ち主ではなく、美貌の国民的スターよりモブ顔のほうが好みだという奇特な趣味で本当によかった、と心から思う。

こんなにはっきり言ってもらえたんだから、もうコンプレックスを引きずって自虐したり、疑ったりするのはやめよう、そのせいで面倒がられて疎《うと》まれたら元も子もないし、と反省する。

好みだと言ってくれた割には手加減せず顔を変形させる相手を見上げ、遼太は言った。

「……樫原さん、すみませんでした……。あと、ありがとうございます。もう樫原さんの言葉を疑ったり、『俺なんか』とか言わないようにしますから……」

目を潤《うる》ませて謝ると、樫原はやや視線の威力をやわらげ、頬を抓っていた手を離し、赤くなったところを指の背ですりすりと撫でてくれた。

「わかればいい。……でも、なんでいきなり『ただの同情かも』なんて思っちまったんだよ」

ヒリヒリする頬を優しくさすりながら問われ、遼太は小声で弁解する。

「……それは、さっき起きたら樫原さんにバックハグされてて、すごく恋人っぽい！　って舞い上がったんですけど、普段の樫原さんの行動パターンからは到底想像できなくて、…これが葛生さんならすぐデレそうって想像つくんですけど、樫原さんは基本が塩対応のツンだから、そんな甘々なことは絶対しない気がして、たまたまこうなっただけかもって思って、そしたらどんどん昨日言われたこともなにかの間違いだったのかも、話がうますぎるかもって不安になっちゃって……」

正直に白状すると、樫原は数秒黙り、丸めた片手で遼太の頬にむにゅっとたこ焼きを作りながら言った。

「俺のせいかよ。……たしかに自分でも、いままで葛生さん的に恥ずかしげもなく恋人にベタベタしたがる奴らの気がしれねえと思ってたが、おまえには妙にベタベタしたくなる。嗜好《しこう》が変わったのかもしれん。今後俺のことはおまえ限定でベタベタスキンシップしたい派に転向したと頭に入れとけ」

おおいばりで命じられ、目を瞬《しばたた》きながら「……はぁ」と頷く。

言われてみれば、昨夜は浮かれて脳が正常に働かずに疑問も抱かなかったが、たしかに事後も自然に腕枕をしてピロートークしてくれた気がする。

らしくないけど、俺とはベタベタしたいなんて嬉しすぎるし、これからもいちゃいちゃしてもらえたら幸せすぎる、とぽわんと呆《ほう》けた笑みを浮かべると、樫原がフッと苦笑した。

「ったく、そんなことくらいでオーバーにビビるなよ。おまえ、普段はもっとプラス思考じゃねえか。落ち込んだ相手を前向きな言葉で浮上させるのが得意なのに、なんで自分のことだとそんなにメンタル弱えんだよ」

ツンと額をつつかれ、遼太は首を竦めて頭を下げる。

「……すみません……、前に旬がいちいち葛生さんの言葉を深読みしてガクブルしてたとき、どういう経路でその結論を導きだしちゃうんだろうって謎だったのに、まんまと俺も似たようなことをしちゃって……、樫原さんが言ってくれた言葉を、もしかしたらほんとは違うニュアンスで言ってたのかもって気にしだしたら止まらなくなって、返事をくれるまでのシンキングタイムも早かったから、もう一度じっくりゆっくり考えたら撤回されちゃうかもとか、Hも男の身体に挿入するのが嫌だったからとか、手間暇かけて準備をするのが面倒だから素股だけだったのかもとか、樫原さんが目覚めるまでの数分間でぐるぐる考えちゃいました……」

ただの考えすぎでよかったです、とてへ、と照れ笑いすると、樫原は旬がネガティブ発作を起こすたびに浮かべたようなうんざりした目で言った。

「てへとか可愛い顔しても誤魔化されねえぞ。……そういや、エジスクのコントにそういうネタあったよな。博物館の解説機が故障して小学生の質問にネガティブな返答しはじめて、学芸員役のおまえが慌てて操作するともっとひでえ回答しかしなくなるネタ。あれは笑ったが、リアルにやられるとめんどくせえからやめろ」

そう叱られながら、またエジスクのネタを覚えていて引き合いに出してくれたことに感激してしまう。

樫原は遼太の額に額をつけて言った。

「昨夜俺は至極《しごく》率直に伝えたつもりだが、まだああだこうだ深読みする余地があったみてえだし、俺の言い方が誤解を招いたのかもしれねえから、もう一度真意を言っとくぞ。俺は人間的に認める相手しか恋人にしたくねえから、『人として気に入っている』は最大級の誉め言葉だ。『長く一緒にいてもイラつかない』は、こんだけ毎日一緒にいても『こいつのここがイラつく』っていう欠点がすぐに思い浮かばねえし、『こいつのこういうところ、すげえな』って感心することのほうが多い、と全部言うと長いから省略しただけだ。それによく考えなかったからシンキングタイムが短かったわけじゃねえからな。俺たちの間には長年積み重ねてきたものがたくさんあるし、たぶん前から同僚以上恋愛未満の好意があったから、おまえに告白されて、すんなり同僚から恋人にシフトチェンジできたんだ。『無人島の相棒』だって、昨夜はそんなつもりで言ったんじゃねえが、いつものおまえ的にポジティブ変換すれば『二度と帰れない場所で最後までふたりだけで過ごす相手に選ぶ』ってことは、ほぼプロポーズと同義だろ」

「……か、樫原さん……」

思わぬ言葉に遼太は目を瞠って息を止める。

そこまで図に乗ったポジティブ変換なんてとてもできないが、昨夜の言葉の真意を詳しく聞かせてくれたうえ、乙女男子なら一度は夢見る語句まで口にされ、感激に胸が詰まる。

七年間片想いしてきた自分と相手の心の温度差が縮まるのは遠い先のことかと思っていたのに、これまで共に過ごした時間が化学変化して、もうほとんど温度差はないように感じられ、じわりと目尻が潤んでくる。

昨夜の自分の告白を機に急に心を変えてくれたわけではなく、恋愛未満の好意をじわじわとすこしずつ溜めてくれていたと知って、嬉しくて言葉にならずにじっと見つめる。

樫原は片手で遼太の両頬をむぎゅっと挟み、中央に寄せられて縦《たて》に尖った唇をチュッと啄《ついば》んだ。

うっとりと可愛くて優しいキスを味わってから、目を開ける。

「……樫原さん、俺、頑張ります……。いまはまだ樫原さんに愛されるに足る恋人っていう自信は全然持てないし、俺じゃ樫原さんに不釣合いだってこともわかってますけど、いつか深読みじゃなく、本気のプロポーズをしてもらえるように全力で努力しますから……！」

自分でも謙虚なのか大風呂敷なのかわからなくなりながら決意を伝えると、樫原は目許《めもと》をやわらげて、遼太の頬に添えた手の親指で唇をなぞった。

「別に努力なんかいらねえし、不釣合いなんて思ってねえぞ。むしろ俺のほうが『俺でいいのかよ』って思ってるし。おまえはいままでいい出会いに恵まれなかっただけで、もっといい奴だって選べるのに、わざわざ俺を好きになるなんて趣味がマニアックすぎるだろ。俺は口は悪いし、偏屈《へんくつ》だし、仕事以外無趣味だし、強《し》いていえばTシャツ集めが趣味だが、旬には『なにそれ、ダサッ！』って顔しかされたことねえし、デリカシーのなさはおまえにもよく言われるし、同期の西荻《にしおぎ》のほかにも『絶対恋人にしたくない男』と言われたことあるしな」

そう苦笑する樫原に遼太は高速で首を振る。

「そんなことありません！　ていうか、樫原さんはそこがいいんです！　もし樫原さんのスペックで、いつも笑顔で言葉選びも上品で親しみやすい素敵キャラだったら、どんだけライバルが増えるかわからないから困ります！　俺はそのままの樫原さんが好きだし、樫原さんに出会えたから、ほかに出会いがなくてよかったたし、それにダサいTシャツコレクションも、樫原さんみたいなイケメンが着るからいい味なんだし、旬はまだ若いからその味わいが理解できないんです！　樫原さんは俺にとって『絶対恋人にしたい男』ナンバーワンでオンリーワンです！」

両の拳《こぶし》を握って力説《りきせつ》すると、樫原は一瞬の間のあと、くすりと楽しげに笑った。

「そうか。なら、お互い趣味が合ってよかったな」

その笑顔に、推しのアイドルからアリーナ最前列でファンサされたかのようにぽうっとのぼせていると、樫原が瞳にすこし悪い笑みを覗かせた。

「……ところで、さっき『素股だけだった』って、ちょっと残念そうな言い方に聞こえたんだが、もっとしてもよかったのか？」

「えっ……」

言葉尻を捉えて揶揄《からか》われ、遼太は真っ赤になる。

「……い、いや、あの、残念っていうか……」

そんなつもりじゃ、としどろもどろに弁解する遼太に樫原は笑みを深め、

「初めてだっていうから、一応気を遣ったつもりなんだが、味見だけじゃなく、ちゃんと食ってもよかったらしいから、いまからするか？　おまえがいいなら俺はＯＫだぞ、朝だしな」

と朝らしく主張した下半身を押しつけられ、「あっ……！」と息を飲む。

煽《あお》るように腰を動かされて遼太の分身もみる間に反応してしまい、

「あ、あの、でも、こんな時間からすることじゃ……」

とおろおろしながら身を引く。

いつかはちゃんと結ばれたいと思っていたが、まさかいますぐなんて心の準備も身体の準備もできてないし……、とうろたえる遼太を引きよせ、樫原は耳たぶを齧《かじ》ってくる。

「朝っぱらから乳繰《ちちく》りあっても許される関係になったんだから、時間なんて気にすることねぇじゃねえか。休みが明けたらゆっくりいちゃつく暇もなくなるし」

「……そ、そうなんですけど……、でも、あの、えっと……ち、『乳繰り合う』って、いい声で言うのやめてもらえませんか……っ」

照れくささと動揺でなにを言ったらいいのか混乱し、いまそこをツッコんでる場合じゃないかも、と思いつつわめくと、相手はくすりと笑んで、耳介《じかい》の縁《ふち》を舌で辿《たど》りながら言った。

「じゃあなんて言えばいい。『セックスするか』でも、『ハメてもいいか』でも、おまえの好きな台詞《セリフ》を言ってやる」

「え、そんな、どっちも好きじゃな……アッ……！」

心は乙女寄りなのでもっと控えめな表現にしてほしいのに、露骨な言葉を耳孔に注ぎながら裏筋をつつかれ、ビクッと背が震える。

まともな返事をしようにも考えがまとまらず、「も、もう『乳繰り合う』でいいですっ……！」としょうがなく口走ると、樫原はまた悪い顔で笑んで遼太を転がす。

横向きで向かいあう体勢から仰向けにされてのしかかられ、

「……あ、あの、樫原さん、ほんとに……平気、なんですか……？」

本当にあんな場所を使う気があるのかおろおろと確かめると、樫原は遼太の両腿《りょうもも》に手を掛けながら軽く眉を寄せた。

「なにがだよ」

「……その、だから……俺の中に、挿《い》れるとか……」

言いにくくて口ごもりながら目を伏せ、チラッと見上げる。

表面だけを使う素股なら抵抗感が少なくても、さすがにそちらはハードルが高いのでは、と案じて窺うと、樫原はまたニヤッと悪い笑みを浮かべ、ぐっと硬い性器を押し当ててくる。

「嫌ならこんなにならねえし、いまのでもっと勃《た》ったぞ。俺がおまえの尻穴を開発するのを全く面倒がってねえってことを、いまからじっくり証明してやる」

「え……、だから『尻穴』とか言うのやめ……ンンッ……！」

赤面して抗議する唇に舌をねじこまれ、両足を大きく拡《ひろ》げられて窄《すぼ》まりを晒《さら》される。

「んっ、ンッ、ふっ、ぅんん……！」

膝が胸につくほど曲げられ、尻たぶを揉みしだかれながら後孔《こうこう》に樫原の先走りを塗りこまれる。

「……おまえ、尻も手触りがいいな……」

またフェチっぽく呟かれ、気絶したいくらいの恥ずかしさとすこしの安堵を覚える。

お尻なんて自分で触っても特になにも思わないし、そもそも撫でたりしないが、相手が気に入ってくれるなら嬉しいし、もっと触ってほしくなる。

潤みのある滑らかな尖端で入口を擦《こす》られるのに慣れてきて、余計なこわばりが解けてくる。

樫原が深く絡めていた舌と唇を離し、はぁはぁと息継ぎする遼太の濡れた唇に指で触れ、そっと口の中に挿《さ》しいれてきた。

一瞬驚いたが、たぶん舐《な》めたらいいのかもと察して相手の指に吸いつく、

「ん……ン……」

さっきひそかに食い入るように眺めた指に興奮しながら一途《いちず》に舌を絡める。

頬の内側や舌の上を愛《め》でるようになぞる指をちゅうちゅう吸《す》って唾液《だえき》まみれにすると、ちゅぽっと口から引き抜かれ、奥まった場所に這わされた。

濡れた指で円を描くように縁を辿られ、ビクビク身を震わせる。

好きな人のかっこいい指でそんな場所を弄らせてしまって申し訳ないし、本当は事前に自分で慣らして相手に迷惑をかけないつもりだったのに、と千々《ちぢ》に乱れつつ、触れられているうちに徐々にぞわぞわした快感が這いのぼってくる。

「ぁ……ふ、ぅ……っ」

突っ張った両手でシーツを掴んで震えていると、「……やっぱり唾だけじゃ足りねえな」と呟いて、樫原が身を起こして頭上の棚に手を伸ばす。

「これ、借りるぞ」とハンドクリームのチューブを取って掌《てのひら》にたっぷり出し、ほんのり微香を漂わせながら両手であたため、もう一度窄まりを濡らされる。

「……う、ぅん……っ」

ぬめりの増した指先の刺激に産毛《うぶげ》が震え、羞恥《しゅうち》と切ないような気持ちよさが入り混じる。

入口を何度もノックされ、そこがひくひくしはじめると、つぷんと中に入れられる。

「ん、はっ……ぁ」

異物感と戸惑いでじわりと目が潤んでしまうが、相手を中で感じたいという一心で違和感をやり過ごす。

慎重に潜《くぐ》ってくる相手の指の動きを息を詰めて追っていると、ある場所でビリッと電流が走るような衝撃があり、目を見開く。

「アッ、樫原さっ……、そこ、待っ……！」

初めての強烈な快感に驚いて思わず制止する。すこし待ってほしかったのに、ぐりっと強く抉《えぐ》られ、「ひぁっ！」と仰《の》け反《ぞ》る。

「ウ、ふぐ、ン〜〜〜〜〜〜〜‼」

両手で塞《ふさ》いでおかないともっとあられもない声を上げてしまいそうで、窒息《ちっそく》しそうなほど強く口を押さえて首を振る。

そこは感じすぎて怖いと目で訴えているのに、相手は指の腹で小刻みに叩くのを止めてくれ

ず、

「いいから声出せよ。慣れたらここだけで中イキできるらしいし、射精せずにイくドライも相当いいらしいぞ。おまえは素質ありそうだから覚えろ」

ととんでもないことを言いながら口を塞ぐ手を外される。

「素質…ってなに言って……、やっ、そこ……、なんか、なんか……あぁあっ！」

どうしたらいいのかわからないほどの快感に、身をよじって逃れようとしても、逆に漏らすかと思うほど穿《うが》たれる。

長い指で中をいやらしく攪拌《かくはん》され、同時に反対の手でクリームを塗りつけるように茎《くき》を上下にまさぐられ、口の端から唾液を零《こぼ》して喘《あえ》ぐことしかできなくなる。

「あっ、あっ、きもちいっ……、どっちも、すご…もちぃいっ……！」

前も後ろもクリームでぬるぬるにされ、自分の先走りも混じってぐしゅぐしゅと恥ずかしい音がする。

「あの、あのっ、かしは…さっ、なんか…すいませ……んぁっ……！」

自分ばかりよくしてもらうのが申し訳ないのと、凡顔で悶えても興《きょう》を削《そ》ぐ気がして済まないのと、気持ちよすぎていろいろいたたまれずに喘ぎながら詫びると、

「なに謝ってんだよ。あとで俺もよくしてもらうし、安心してあんあん言ってろ」

と相手は苦笑してあやすようにキスしてくる。

あんあんなんて言ってないのに、と言いたかったが、唇を塞がれて反論を封じられ、喉奥でくぐもる声しか出せない。

「ンッ、んぅっ、ん、ふぅん……」

唇を触れ合わせながら内襞《うちひだ》を掻き分けるように擦りあげられ、性器も同時に高められ、どこもかしこも悦《よ》すぎて、輪郭《りんかく》が溶けてなくなりそうだった。

樫原の首に両腕を回してより深いキスをねだると、望み通りに舌を搦《から》め取られる。

「……ん、は……、樫原さんと、キス、できて……うれし……、ずっと、してみたかったから……」

片想いだった頃の自分に教えてあげたい気がして唇を笑みの形にして囁くと、

「……そうか……、俺も好きだぞ、おまえとキスするの……」

唇もぷにぷにだからな、と相手も笑みながら上下の口唇《こうしん》を交互に食《は》んでくる。

またフェチっぽい言葉に、さっきまでの自虐思考の自分なら、ぷにっと感だけを求められているのかも、と咄嗟《とっさ》に思ったかもしれないが、いまは『ぷにっと感のある自分』を愛でられていると素直に思えた。

もうこれ以上はないくらい気持ちいいと思っているのに、唇を解いてすこし身を下げた樫原に乳首に吸いつかれたら、さらに快感の度合いが跳ね上がる。

「あ、あぁっ……」

相手の唇に含まれて、時々歯を立てながら舐めしゃぶられると、小さな突起が信じられないほど感じる性感帯になる。

左右の乳首をじんじんするまで咥《くわ》えられ、性器や嚢《ふくろ》を揉みこまれ、奥を三本の指で拡げられる。

「か、樫原さっ……も、ぜんぶ、きもち…くて、困る、よぉ……っ！」

半泣きで訴えると、相手はきゅっと乳首を噛みながら苦笑する。

「別に困ることねえだろ。いいから素直に悶えてろ。おまえのトロ顔、可愛いぞ」

「……そ、そんな顔してなっ……アッ、もう……樫原さんも、よくなって……っ！」

懸命に手を伸ばして相手の怒張《どちょう》を探り当て、震える手で握りしめる。

まだ相手が硬いままでいてくれたことに安堵して、してもらったことの何十分の一でもいいから感じてほしくて亀頭《きとう》や茎を撫で回す。

自分の中の乙女な部分は恥じらいを覚えるが、樫原推しのマニアファンの自分が、こんなありがたいパーツを触らせてもらえるなんて、真心をこめて尽くしたい、と奉仕欲を滾《たぎ》らせる。

この部分のパーツモデルがいるなら上位に来そうな形のよさにうっとりしながら撫で摩《さす》る。

触っていると、まるで自分の掌のほうが愛撫されているかのように気持ちよくて、とろんと蕩《とろ》けた目をして、唇を半開きにして熱心に両手を使っていると、ぼそりと抑えた声で相手が言った。

「……ギャップ萌えって、こういうことなんだな」

え……？　と小声で問い返すと、

「……ほのぼのした顔でエロい表情されると、すげえ興奮する」

もう挿れさせろ、と性急に身体を裏返され、腰を引き上げられる。

後孔に相手の屹立《きつりつ》を宛がわれたら、未知の怖《おそ》れより、早く招き入れたくて気が逸《はや》った。

「……か、樫原さ……早く中に、来てくださ……あ、んあぁあっ……！」

ねだり終わる前にずぶりと尖端を押し込まれ、狭い場所を拡げながら樫原が入ってくる。

想像以上の圧迫感に息が止まりそうだったが、長い片恋の果てにやっと繋がれたと思うと、苦しさも陶酔《とうすい》に変わる。

最奥《さいおう》まで飲み込んで充溢感《じゅういつかん》に身を震わせていると、

「……キツいか……？」

と背中を抱くように耳元で問われ、声に酩酊《めいてい》しながら首を振る。

昨日まで絶対知ることなんてないと思っていた相手の容《かたち》や硬さや熱さを自分の身のうちで感じられることのほうが嬉しくて、苦しさや痛みなんてささいなことだった。

なじむまで待ってくれる樫原と呼吸を揃えながら身を重ねていると、いっぱいに拡がった内側に熱い脈動を感じる。

「……すごい……樫原さんのが、どくどく言ってる……」

夢みたいに嬉しくてうっとりと囁くと、相手のものがさらに脈打ち、

「悪い、もう待てねえ。動くぞ」

と言いざま樫原が抽挿《ちゅうそう》をはじめる。

「アッ、はっ、んっ、うんんっ」

喜びと興奮のせいか、痛い気がしたのは最初だけだった。

相手の硬い性器が中でどんな動きをしても驚くほど気持ちよくて、視界に白い火花が散る。

ずるりと縁まで引き抜かれるのも、前立腺をゴリゴリされるのも、奥まで突き上げられるのも、どれもたまらなく悦《よ》くて、自分からも腰を揺らしてしまう。

自分の喘ぎ声が恥ずかしくてシーツを噛んで殺そうとしたが、後ろから突かれながら乳首を引っ張られたら、悲鳴を上げて悶えずにはいられなかった。

「あっ、あっ、樫原さっ……、いぃ、きもちぃ、……溶けちゃいそ…に、きもちいい……っ！」

ばちゅばちゅと音を立てて出し入れしながら左右の乳首をくりゅくりゅ揉まれ、軽く達する。

同時に中で相手のものを締めつけたらしく、背後で呻《うめ》くような吐息が聞こえた。

相手は激しく抜き差ししていた剛直を最奥にとどめ、今度は腰をぴったりつけたまま抜かずに突き上げるような動きで新たな快楽を教えてくる。

腰をゆっくり回しながら、遼太の性器の尖端を掌でこね回したり、中にみっしり埋め込まれたまま、会陰《えいん》を指で押されたりすると、「……き、きもちいい、きもち、いいよぅ……」とそ

れしか言葉を知らないように口から零《こぼ》れてしまう。

「……そんなにいいか……？　どこが一番いいか、聞かせろよ……」

と舌で耳孔を舐めながら問われる。

親父くさい問いかけに、平常時なら「そういうのやめてください」と咎《とが》めたりもできるのに、緩急《かんきゅう》をつけた腰遣いに脳みそが溶かされ、素直に答えてしまう。

「……い、いちばんい…のは……あっ、あ、そこ、おしりの…中……っ、ン、でも、ちくびもいっ……、アッ、さ…先っぽも、嚢のとこも、すご…よくて、ぜんぶ、きもちぃ……っ！」

完全に頭がどうかしていて乙女男子のたしなみも忘れて口走ると、背後で満足げに笑んだ気配がして、すべての場所をさらに熱を込めて責められる。

あまりの気持ちよさに羞恥心のストッパーがさらに壊れ、長い抽挿のあとにほぼ同時に達するまで、遼太はもっとはしたないことまでさんざん言わされたのだった。

＊＊＊＊＊

「……こういうのを『太陽が黄色い』って言うんでしょうか……」

「……だな。このオフの前に、旬《しゅん》に『エロ窶《やつ》れするまでやりまくるな』と釘《くぎ》刺しといて、俺たちのほうがやっちまったな」

一週間の休み明け、アパートの前の駐車場で、ふたり揃って若干疲労の残る顔つきで太陽を見やり、苦笑しながら車に乗り込む。

恋人になったあとの残りの休みも樫原《かしはら》は自宅に帰らず連泊してくれた。

当初の予定では休みの後半は実家に帰るつもりで、「久々に休みをもらえたから、おみやげにほしいものあったらメールして」と伝えてリクエストの品も用意していたが、思いがけず樫原とこうなれたので、「ごめん、急用ができちゃって、おみやげだけ送るから」とキャンセルしてしまった。

母の返事はちょっと残念そうだったので心苦しいが、いままで芸能界の一端《いったん》に属しながら浮いた噂ひとつなかった息子に春がきたことを知ったら、相手が同性ということはさておき、一応喜んでくれるに違いない、と言い訳していちゃいちゃ三昧《ざんまい》の休日を過ごしてしまった。

以前、樫原から多忙すぎて自分で抜くこともしないと聞いていたし、面倒くさがりで風俗も行かないとも聞いたので意外と淡泊なのかもと誤解していたが、この三日間、ものすごく絶倫で全然枯れていないことがわかった。

自分も初心者の分際で後ろだけで達《い》けるようになってしまったから、凡顔《ぼんがお》のくせに淫乱体質みたいで恥ずかしい、と内心転げまわりたくなりながら、助手席に座る。

今日は行きがけに樫原が運転を代わると申し出てくれた。身体を気遣ってくれているのがわかったので、「全然大丈夫ですよ」と照れながら遠慮したが、「いや、今日くらいは代わってやる」と譲らずにキーを取られた。

もじもじと助手席から隣を盗み見ながら、……皆さん、俺の彼氏さんは意外と優しいんです。基本ツンでデリカシーもないけど、この三日間、嘘みたいにデレてくれて、たぶん旬と葛生《くずう》さんもデロデロなおうちバカンスを過ごしたと思うけど、こっちも負けないくらい幸せなオフだったんです……！　と妄想の視聴者に向けてノロケスピーチをかまし、モブキャラの分際で『彼氏さん』とか言っちゃってすみません……！　と脳内ローリングしながら詫《わ》びる。

フロントガラスに反射する陽射しに手をかざし、まさか自分が「太陽が黄色い」を実感する日がくるなんて、と羞恥《しゅうち》と充実感を噛みしめていると、遼太の携帯に着信が入る。

相手は直属の上司の高浜《たかはま》で、樫原にも聞こえるようにスピーカーにする。

『日暮《ひぐれ》か、今どこにいる？　今日の旬の予定は？』

「お疲れ様です、あと二、三分で旬の家に着くところで、今日は『夢の跡』の衣装合わせとミュージックエキスプレスの収録、雑誌の取材二社と打ち合わせが一件、最後が配信用のダンス動画撮影です」

手帳を開いてスケジュールを伝えると、

『おぉ、オフ明けからご苦労さん。忙しいところ悪いんだが、ちょっと日暮だけいまから事務所に顔出してくれないか。俺と社長から話がある』

と告げられる。

俺だけに話ってなんだろ、と怪訝《けげん》に思いつつ、ちらっと運転席の樫原の横顔に視線を走らせ、

「……わかりました。いまから向かいます。たぶん、十一時半くらいには行けるかと」

と地下鉄の乗継を逆算して返事をし、通話を終える。

「……俺だけって、なんの呼び出しなんでしょうか。旬の新しいオファーなら、まず樫原さんに言うだろうし……、あ！　もしかして、旬と樫原さんのふたりをターゲットにしたドッキリ企画の仕掛け人になれとかそういう話ですかね」

最近マネージャーが顔出しで担当タレントの素顔や秘密をプチ暴露する企画物がよくあるので、ひょっとするとその手のオファーかも、と思いながら言うと、

「いや、ねえだろ。それに断固お断りだ。もし仮にそういう話が来ても、絶対俺に黙って受けたりするなよ。旬が隠し撮りされてるのに延々葛生さんとのノロケをしゃべりまくりそうで危険だし、俺まで茶の間の笑いものにされるのはごめんだしな。そもそも俺は笑いが取れるようなリアクションはできねえし」

ときっぱり拒否される。

いや、楽屋や移動中の旬と樫原さんの漫才みたいなやりとりは充分笑えると思うけど、樫原さんのビジュアルやトークを一般公開するのはもったいないし、ライバルを増やしたくないから顔出し出演は阻止《そし》しなくては、と遼太は思う。

用件が済み次第すぐ合流するので、と旬の世話を樫原に託《たく》し、近くの地下鉄の入口付近で下ろしてもらう。

代官山《だいかんやま》のジェムストーンの自社ビルに向かいながら高浜に到着の連絡を入れると、アーティスト部の会議室に来るようにと言われた。

旬は俳優部なので、いつものフロアより一階上まで上がり、「おはようございます」と挨拶《あいさつ》しながら指定の部屋に入ると、高浜と宝生《ほうしょう》社長、さらに歌番組の収録現場で時々顔を合わせるアイドルグループ「シュガーバレット」の担当マネージャーの長束《ながつか》がおり、この面子《メンツ》は一体……、と内心戸惑う。

日暮ちゃん、待ってたよ、と愛想のいい宝生に笑顔で長束の隣を手で示され、会釈《えしゃく》して席につくと、高浜がせかせかした口調で切り出した。

「全員揃ったところで本題に入ろう。実は担当替えをすることになった。まだ極秘なんだが、実相寺穣《じっそうじじょう》がプラネットファームからうちに移籍してくる。ついてはふたりに実相寺を担当してもらいたい。それぞれ旬とシュガバレに今週で担当が終わることを伝えて、後任に引き継げるように注意事項をまとめた取説《とりせつ》を用意してほしい」

「え……、ええっ⁉」

寝耳に水の話に遼太は驚いて叫ぶ。

ぎこちない動きで隣に目をやると、同じく目を瞠《みは》っている長束も初耳だったことが窺えた。

実相寺穣は今年三十七歳になるキャリア十七年の美形演歌歌手で、大ヒットしたのはデビュー曲を含めた数曲だが、新曲を出せばコンスタントに買ってくれるファン層がついており、紅白にも十七年連続出場している中堅人気歌手である。

歌謡祭などで旬と同じ現場になれば挨拶するくらいだが、元の所属先のプラネットファームとトラブったという話も耳にしたことがなく、突然の移籍の理由が思い当たらなかった。

でも、どうして自分が……、と呆然としていると、宝生が軽い調子で後を引き取った。

「急に驚いただろうね。業界あるあるなんだけど、実は実相寺クン、最近デビューから二人三脚でやってきたマネに六億持ち逃げされちゃったんだよ」

「え、六億……⁉」

一万円落としちゃったんだよ、というくらいの軽さで口にされたが、金額に啞然として遼太は目を瞠る。

実相寺クラスの歌手なら稼《かせ》げる額としても、マネージャーがそんな犯罪行為を、と言葉を失っていると、宝生が軽薄な中にもやり手らしさの滲《にじ》む目をして続けた。

「契約更新が近かったのもあるし、全面的にその社員が悪い不祥事だから、実相寺クンが訴訟も賠償も求めないから移籍するっていうのをプラネットも止められなくて、うちに来てくれることになったんだ。来月から全国ツアーも控えてて、企画ごとうちが引き継ぐから、ちょっとおいしいとこどりなんだけど、社員管理がなってないのが悪いよね」

同意を求められ、「……はぁ」と動揺で半分以上上の空のまま相槌《あいづち》を打つ。

「でね、実相寺クン、今度の件でかなり人間不信になっちゃってて、うちでは二度と裏切られたくないって、担当者の人選にすごく神経尖らせてるんだ。うちにはタレントの稼ぎを奪って雲隠れするような不届きな社員はいないと信じてるけど、特に実直を絵に描いたような長束ちゃんと、人の好《よ》さと気配りの権化《ごんげ》のような日暮ちゃんのふたりなら、絶対の自信を持ってお勧めできるから、是非ともキミたちにお願いしたいんだ」

全社員の中で『絶対に人を裏切らない人材』と見込んでもらえたことはありがたいが、旬と樫原以外の人と組むことをまったく想像していなかったので、まるで喜べなかった。

実相寺がどうという問題ではなく、誰であってもできれば辞退したい、と思ったとき、隣で長束が顔を上げた。

長束は『実直を絵に描いたよう』と評されるとおり、二十代なのにあまり平成生まれに見えない昭和感のある七三分けの真面目な風貌《ふうぼう》で、眼差しに誠実さが滲み出ており、

「実相寺さんのような大スターの担当に、自分のような若造を抜擢《ばってき》していただけて光栄です。早く信頼していただけるように頑張ります……！」

と頬を紅潮させて頭を下げる。

宝生と高浜が「よし」というように長束に頷いてから遼太に視線を向けた。

内心追い詰められた気持ちになりながら、遼太は遠慮がちに質問した。

「……あの、それは決定事項ですか……？　後任に引き継ぐようにとおっしゃいましたけど、ご存知のとおり旬はものすごく人見知りで、誰とでも打ち解けられるタイプではないですし、緊張もしやすいので、できれば慣れた者がそばにいたほうがいいかと……」

組織に属する一サラリーマンなので、上が決めた人事に逆らうわけにはいかないと頭ではわかっているが、なんとか抗《あらが》いたかった。

旬はジェムストーンの稼ぎ頭《がしら》で、なるべく機嫌を損《そこ》ねずに仕事をさせたいというのは上にも共通認識としてあるので、そこを突くと、宝生が腕を組んで「そうなんだよねぇ」と唸《うな》る。

「たしかに旬は日暮ちゃんを現場での心の支えにしてるし、いないとダメージ大きいだろうから、迷ったことは迷ったんだ。でも実相寺クンがうちに早く馴染むには、キミたちが最強ペアだと思うんだよね。ふたりとも人柄がよくて仕事もできるし、実相寺クンと相性もいいと思うんだ。担当してすぐに二ヵ月の巡業で、ゆっくり信頼関係を築く間もなくツアー突入になるけど、キミたちなら大丈夫だと思うし、むしろキミたちにしか任せられないと思ってるんだよ」

逃げ道を封じられたような気持ちになりながら、遼太は必死に別案を探し、宝生に言った。

「……でしたら、旬と掛け持ちにさせていただくわけにはいきませんか？　実相寺さんがうちを信用してくれるまでは、実相寺さんメインで全力で務めさせてもらいます。でも実相寺さんが長束さんやうちの雰囲気に慣れて、ほかの社員でも大丈夫だろうと思ってくださったら、俺はまた旬メインに戻していただきたいんですけど……」

二倍大変になっても、旬と樫原と完全に別れてしまうくらいなら両立してみせる、と思いながら申し出ると、宝生と高浜はしばし相談してから頷いた。

「わかった。旬のメンタルも大事だし、日暮ちゃんの負担が増えて済まないけど、しばらくそれでいってもらえるかな。大変すぎるようだったらまた考えるから」

「わかりました。ありがとうございます」

遼太はホッと息をつき、高浜から実相寺の細かな取説ファイルと向こう一ヵ月のスケジュール表を受け取る。

高浜がツテでプラネットファームから入手してくれた取説には誕生日から現在までのプロフィール、全シングルとアルバムの売上データ、食べ物の好き嫌い、不機嫌になるポイント、コンサートや出番前のルーティン、仲のいいタレントと共演NGタレント、やる気がでるアイテムなどなど、現時点でわかっている情報が事細かに記載されている。

喉《のど》のコンディションに最適な楽屋の室温や湿度、風呂の湯温や入浴剤の銘柄など、何ページにも渡ってびっしり綴《つづ》られている項目に遼太は無言で目を通す。

旬はメンタルが弱いこと以外、食べ物やその他身の周りのことにうるさいこだわりはないので、そういう面では扱いが楽だったが、実相寺は食べ物ひとつとってもメニュー別に買う店が決まっていたり、いつも欲しがるわけではないが、いつ望んでもすぐ渡せるようにクーラーボックスにキンキンに冷やしたドクターペッパーを常備しておくこと、などと七面倒くさいことが書かれている。

これはかなり手強《てごわ》いかも、以前も手のかかる女優の付き人をしてたから驚きはしないけど、と思いながら取説を読んでいると、今週末に本人と顔合わせをするから、それを熟読して頭に入れておいてくれ、と告げて宝生と高浜が出ていき、逵太は長束とふたりで残された。

内心まだ受け入れがたい気持ちを引きずっていたが、足掻《あが》いても仕方がない、となんとか折り合いをつけて長束に向き直る。

「……ええと、長束さん、改めまして、日暮逵太です。真中旬《まなか》の付き人を七年やってます。時々現場ではお見かけしますけど、まともに話すのは初めてですよね。なんか突然すぎてまだ受け止めきれてないいんですけど、どうぞよろしくお願いします」

ぺこりと頭を下げると、長束も急いでもっと深く頭を下げながら言った。

「こちらこそ、よろしくお願いいたします。私のほうが老け顔ですが、後輩なので、さんづけは結構です。入社四年目の長束毅《つよし》と申します。まだまだ未熟でご迷惑をおかけすると思いますが、さっき社長さんたちから日暮さんは仏のように心が広くて気が利いて、有能なのに腰が低い付き人の鑑《かがみ》のような方だと伺いました。精一杯頑張りますので、ご指導ご鞭撻《べんたつ》のほど、よろしくお願いいたします」

いや、仏とか鑑とかオーバーですから、と赤くなって否定し、とりあえずこうなったからには一緒に頑張りましょう、と連絡先を交換し、お互い仕事に戻る。

旬の衣装合わせは映画会社の衣装部で行われており、また地下鉄で現場に向かいながら、逵太ははぁ、と重い溜息をついて肩を落とす。

ほんの一時間前までは、黄色い太陽を見上げて脳内ノロケスピーチなんかして浮かれきっていたのに、まさかこんなことになるとは……、と日の光の届かない地下鉄の構内をとぼとぼ歩き、電車内で実相寺の取説を暗い気持ちで読み直す。

降車駅で下りて途中で差し入れを買い、監督や関係スタッフが各シーンに合った衣装と鬘《かつら》と持ち道具を何パターンも試して決める衣装合わせの現場に合流する。

膨大《ぼうだい》な枚数の着物と歌舞伎の衣装が掛けられたハンガーラックと鏡に囲まれた広い部屋の中央で、鬘もつけて稀代《きたい》の美貌役者そのものの姿になっている旬に目を奪われつつ、しばらくはこういう姿を間近で目にすることはできなくなるんだ、と淋しさや切なさが込みあげてくる。

ほかのスタッフに混じり、情報開示許可が下りたらインスタグラムで公開する写真を撮り溜めながら見守っている樫原のそばに行くと、

「おう、戻ったか。高浜さんたちの話ってなんだった」

と小声で問われた。

それが……、と重い口調で事情を話すと、樫原はスッと表情を消した。

数秒無言で遼太を見おろしてから、「……そうか」と素っ気なく呟く。

「社長直々《じきじき》の命なら仕方ねえな。掛け持ちはキツいだろうが、おまえが実相寺の専属になっちまったら旬がうるせえだろうし、無理しない程度によろしく頼む。長束は若手の中でも優秀だと聞いてるし、こっちもいまのところ『夢の跡』のクランクインまで歌舞伎の演技指導や稽古がメインで、おまえがべったりついてくれなくてもなんとかなるし、心配しなくていいからな」

「……はい……」

樫原もいままで上の意向で何度か担当替えを経験しており、こういうこともある、とあっさり受け入れたようだった。

自分も仕事なんだから割り切らないと、と思いながらも、もうすこしだけ残念がってほしかったな、とつい思ってしまう。

いや、樫原さんは俺がいなくても充分ひとりでこなせるし、後任も来るから、そんなに大ごととは感じてないんだろう、と内心しょぼんといじける。

「……来月頭から実相寺さんの全国ツアーに同行するんですけど、移動日に余裕があれば戻ってきて旬のフォローにつきますから」

いてもいなくてもたいして支障はないかもしれないが、すこしは役に立てることもあるだろうし、自分ができるだけ会いたいし、と思いながら見上げると、樫原がぼそりと言った。

「無理すんなっつってんだろ。おまえの代わりはいねえんだ。無理して倒れたりしたらみんなが困るし、俺だってずっとついててやりたくてもできねえからストレスになる」

「……え」

代わりはいないという言葉を自分がもらえるなんて思ってもいなかった。

旬のような唯一無二のスターと違って、自分の代わりなんていくらでもいると思うが、樫原にそう言ってもらえるなんて、過分な誉め言葉に嬉しくて胸が詰まる。

自分が倒れたら看病してくれる気もあるんだ、ときゅんとして、その気持ちだけで嬉しいし、絶対に迷惑をかけないようにしなくては、と心に誓う。

その後デザイナーや江戸歌舞伎監修の女子大教授や監督の美意識をすりあわせて衣装が決定し、次の現場に向かう車中で樫原が旬に言った。

「旬、おまえにとって喜ばしくない報告があるから心して聞いてくれ。実は、うちに実相寺穣が移籍してくることになって、日暮が担当することになった。おまえと掛け持ちになるが、当分は向こうメインになるから、そのつもりでいてくれ」

「えっ……⁉︎」

旬は一瞬ののち、サァッと顔色を変え、「う、嘘でしょう⁉︎　どうして……、そんなこと絶対嫌です……！　日暮さんと離れるなんて考えられない……！」と絶望的な表情で叫ぶ。

できれば樫原さんにもこのくらい淋しがってもらいたかった、と思うような理想的な反応をされ、自尊《じそん》感情が充《み》たされる。

「ごめんね、旬。俺も旬だけの担当でいたいんだけど、社長に直々に頼まれちゃったんだ。でも実相寺さんの全国ツアーが終わったら、また旬メインに戻してもらうし、ツアー中もちょくちょく帰ってくるつもりだからね。地方からも様子聞いて励《はげ》ますし、なんかあったらいつでも連絡くれていいから、そんな顔しないで」

そう宥《なだ》めるように言ったが、旬は初めて保育園に連れてこられた甘えん坊のお母さん子みたいな切実な形相《ぎょうそう》で首を振る。

「でも、日暮さんがそばにいてくれないと、現場で辛いことがあったとき、どう立ち直ればいいのか……、絶対実相寺さんより僕のほうが日暮さんを必要としてるし、なんとかならないか宝生社長に掛け合ってみます」

硬い表情でスマホを取り出す旬を、樫原が運転席からミラー越しに窘《たしな》めた。

「旬、そんなことしても無駄だからやめとけ。宝生社長はチャラついて見えても、一度ベストと判断したことは覆《くつがえ》さねえし、実相寺自身が日暮を拒否したりしねえ限り担当させるはずだ。掛け持ちしてくれるだけありがてえと思って、しばらく俺と後任の付き人で我慢しろ。それにおまえには葛生《くずう》さんがいるだろ。俺なんか、せっかく恋人になった日暮と一緒に働けると思った途端、こんなことになっちまって、俺が一番がっかりしてんだ。俺が我慢すんだから、おまえも耐えろ」

「……か、樫原さんっ……⁉」

不意打ちのカミングアウトに遼太は目を剝《む》く。

旬にはもっと慎重に打ち明けるつもりだったのに、独断であっけなく告げられてしまい、内心慌てふためいていると、

「……え、恋人……？」

と旬に目をぱちくりしながら聞き返される。

遼太は旬と運転席の樫原を交互に見やり、樫原にもっとあけすけに言われるよりは、と自ら《みずか》フォローに努《つと》める。

「……し、旬、あのね、実は、このオフの間に、樫原さんと俺、おつきあいすることになったんだ……。その、ずっと隠してたんだけど、俺、前から樫原さんに片想いしてて、四日前に打ち明けたら、『いいぞ』って言ってもらえて……、今日はそれで運転代わってもらっちゃったんだけど、明日から仕事場にプライベートは絶対持ちこまないようにするし、旬の前ではいままでとなにも変わらないからね……？」

真っ赤になって言い訳しながら窺うと、旬はお母さんだと思って抱きついたらサンドバッグだったと気づいた近眼の子供みたいな表情で激しく目を瞬《しばた》いた。

「……う、嘘……、まさか、そんな……日暮さんが樫原さんに片想いって、ほんとに⁉ 逆じゃなくて⁉ どこがよかったんですか……⁉」

男同士とか同僚同士とかより、なによりもそこが解《げ》せないという勢いで食いつかれ、「おまえ、失礼な奴だな」と樫原が憮然とする。

「だ、だって、日暮さんの趣味が特殊すぎて全然理解できないです……！　日暮さんならもっとまともな人を選べるのに、どうして樫原さんを……⁉」

「うるせえな。俺もそう思うが、日暮は俺がいいっつってんだから、おまえが疑問を挟むな。とにかく、日暮の担当替えは俺だって無念だが、日暮が一番大変なんだし、おまえがピーピー嘆《なげ》いて余計な負担をかけるんじゃねえ」

きっぱり言い切りながら運転を続ける樫原を見やり、遼太はまたきゅんと胸を震わせる。

最初に担当替えを打ち明けたとき、あっさり「そうか」と言われ、自分がこんなにショックだったのに、相手にとってはそうでもないのかも、と切なかったが、本当は残念がってくれていたのだと今更わかり、心がぬくもる。

旬は樫原に諭《さと》され、しばらく口を尖らせて不満げに黙り込んでいたが、不承不承頷いた。

「……わかりました。ほんとは全然納得してないけど、恋人と離れ離れにされる辛さは僕もよくわかるし、日暮さんが戻ってきてくれるまで樫原さんとふたりで待ってます。日暮さん以外の付き人さんはいらないので、代わりの人は結構です」

そう言われ、旬にも樫原さんにもこんなに惜しんでもらえて幸せだ、と淋しさと同じくらい喜びを噛みしめる。

いつもそばにいられなくても絆《きずな》が消えるわけじゃない、と自分に言い聞かせ、遼太は実相寺との仕事も全力で取り組もうと心に決めたのだった。

＊＊＊＊

「遼《りょう》ちゃん、いろいろ頼んじゃって悪かったわね。御礼にご飯食べていって。すぐ用意するわ」

「あ……、いいんですか？　ありがたいですけど、申し訳ないです。御礼なんて、これも付き人の仕事ですし」

「うちのジンジャーちゃんたちが私以外に懐《なつ》くの珍しいし、遼ちゃんにお願いできてほんとに助かったから、これくらいさせてよ」

美容院帰りの艶《つや》髪をかき上げながら実相寺《じっそうじ》に微笑《ほほえ》まれ、「じゃあ、すみません、ありがたくご相伴《しょうばん》に与《あずか》ることにする。

顔合わせのときに初めて知ったが、実相寺は業界にはよくいる隠れオネエで、高飛びした元マネージャーとは恋人としてつきあっていたという。

もうすっぱり忘れることにしたわ、六億くらいくれてやるわよ、と気丈に話す瞳にまだ傷心の色が見え、どんな経緯《けいい》があったのかはわからないが、大金を失っただけでなく、公私ともに心を許していた相手に裏切られたらどれほど傷つくか、とうっすら涙ぐんで話を聞いていたら、「他人事《ひとごと》なのに、そんなに親身に聞いてくれるなんて、あなた優しいのね。……ねえ、さっきからどっかで見たことあるような気がして引っかかってるんだけど、もしかしてあなた、昔三人組でお笑いやってなかった？　四角い顔の人とイケメンと普通の子がいて、私結構好きだったんだけど、いつのまにか消えちゃったのよね。なんて名前だったかしら、あのグループ」

とまさかのエジスクネタを持ちだされ、その『普通の子』です、と驚きつつ告げると、「やだ、ほんと⁉　奇遇ね！」と一気に心を開いてくれた。

実相寺は長束《ながつか》と遼太《りょうた》に、いままで演歌にこだわってきたが、これからはジャンルの垣根を超えてポップス、洋楽、唱歌《しょうか》、アニソン、ラップ、朗読《ろうどく》などなんでもチャレンジするし、いままで避けていたバラエティにも出るので、仕事を選ばずどんどん入れてほしいし、新生「実相寺穣《じょう》」を一緒に作り上げてほしいと真摯《しんし》に言った。

取説《とりせつ》のイメージから扱いが難しいタイプかと身構えていたが、ジェムストーンで心機一転して本気でやっていくという気概が伝わり、三人で同じ方向を目指そうと気持ちをひとつにする。

まずは東京を皮切りに全国三十ヵ所を巡るコンサートツアーを成功させるため、舞台監督、音響、照明、美術、大道具、特殊効果、電飾、コーラス、ダンサー、バンドメンバーと入念なリハーサルを重ね、スタッフ一行の宿泊先の予約や移動の切符の手配、機材運搬のトランスポートや物販のグッズの発注確認など、委託のツアープロダクションと連絡を密にして漏れがないように進める。

明日からツアー初日を迎えるという日、本番さながらの最終リハのあと、実相寺が美容院とエステに行っている間、自宅で飼っている三匹の猫をペットホテルに連れていくことと、広いルーフテラスにある花壇と菜園の手入れと、ツアー用の荷造りを頼まれた。

夜の部の東京公演が跳ねたら、その足で次の公演先の北海道へ向かうことになっており、愛《あい》猫《びょう》たちを今日のうちに預けておかねばならず、ジンジャー・シナモン・バニラという名の三匹のアメリカンショートヘアにそれぞれ銘柄の違う猫缶を与えてからキャリーバッグに入れ、指定のペットホテルに連れていく。

無事預けた証拠画像を実相寺に送りながら再びマンションに戻り、メモにびっしり書かれた頼まれ事を順にこなす。

元恋人に裏切られてプチひきこもりしていた間に育てまくった植木や花壇の草むしりと水まき、たわわに実るプチトマトの収穫、アロエジャムを作るための葉肉《ようにく》の皮剝《む》き、ツアー中のホテル滞在用の加湿器や美顔器、マッサージ機、電子レンジ、ミキサーなどの愛用家電やマットレスに着替え、スキンケアグッズなど、軽く引っ越し状態の荷造りをする。

結構人使い荒いな、と思いつつ、きっとどれも実相寺にとっては大事なことで、後顧《こうこ》の憂《うれ》いなくツアーに臨《のぞ》んでもらうためだ、とアロエの棘《とげ》で引っ掻《か》き傷を作りながら皮を剝いていると、帰宅した実相寺が遼太の仕事ぶりに満足した様子で夕飯を振る舞ってくれた。

実相寺は料理上手で、味も盛りつけもお店に出せそうなものを手際よく作ってくれる。

「穣さん、ほんとにすごく美味《おい》しいです。見た目も綺麗だし。俺も時間があるときは自炊するんですけど、もっと地味な煮物とかばっかりで、こんな映《ば》えるメニュー、レパートリーにないです。……そうだ、今度『穣レシピ』みたいなレシピ本の企画、長束くんに取ってきてもらいませんか？　おしゃれなおもてなし料理本としての実用性はもちろん、料理をしない人でも、穣さんのエプロン姿目当てに買ってくれる気がします」

旬《しゅん》のコスプレ要素の強い写真集『週刊ビジュアル真中《まなか》旬』を思い浮かべながら提案すると、実相寺は「いいわね」と乗り気を見せる。

「……でも、ここしばらく泣き暮らしてたから、ろくに肌のお手入れしてなくて、今日もエステで怒られちゃったのよね。その点、遼ちゃんは造作は平凡だけど、肌は綺麗よね。なんか特別な美容法でもやってるの？」

「へっ⁉　や、まさか、この顔でマメにお手入れしてたらどんだけナルシストなんだって逆に恥ずかしいじゃないですか」

赤くなってあわあわと首を振ると、実相寺はくすくす笑う。

「あらダメよ、まだ若いと思って油断しちゃ。私のお気に入りのパックを分けてあげるから、持って帰りなさい」

「……ありがとうございます」

パックなんてしたこともないが、今度樫原《かしはら》に触ってもらう機会があったらもっともち肌と思ってもらえるようにこっそり使わせてもらおうかな、と思いながら礼を言う。

食事を終えて、後片付けは遼太がやり、

「じゃあ、そろそろ失礼します。御馳走様《ごちそうさま》でした。ツアー中の花壇の水まきは岩本《いわもと》さんに頼んでおきましたから。今夜はよく休んでくださいね。明日は八時にお迎えに上がります」

と明朝の送迎時に捨てる暇がないかもしれないので生ごみの袋を持って玄関で挨拶《あいさつ》すると、甘酒麹《こうじ》パックと死海のクレイパックと今日収穫したプチトマトをピクルスにした瓶《びん》をお土産に持たせてくれた。

マンションのゴミ捨て場に寄ってから帰途《きと》につくと、長束から電話がきた。

『お疲れ様です、日暮《ひぐれ》さん、いよいよ明日ですね。たぶん、やらなきゃいけないことは全部やったと思うんですが、漏れとかありそうで緊張してきちゃって』

遼太も二ヵ月に及ぶ長い巡業は初めてで、気持ちはよくわかったので、頷きながら言った。

「わかる。でもきっと大丈夫だよ。長束くん、若いのにほんとにミスが少ないし、もしなんかあってもふたりいるからなんとかなるよ。……それに、今日の最終リハ見て、穣さんもスタッフさんたちもすごい気合い入ってて、絶対お客さんも喜んでくれるいいステージだと思ったから、自信持ってサポートしようね」

自分にも言い聞かせるつもりで励《はげ》ますと、『はい』と長束も声に力を取り戻す。

『チケットも七割の会場で完売だし、残りもギリギリまで宣伝して売ってもらいますんで。じゃあ、日暮さん、おやすみなさい。また明日、よろしくお願いします』

「うん、こちらこそ。長束くんもよく寝てね。おやすみ」

通話を切り、スマホをしまう前に旬のインスタグラムをチェックする。

本当は会って顔を見たいが、この頃は電話かLINEか、公式のSNSで元気か確かめる日々が続いている。

旬のSNSは数百万のフォロワーがおり、トレンド入りすることもしばしばあるが、今日の画像は稽古場でのストレッチ中の様子や、休憩中にものすごく嬉しそうに弁当箱を開いている笑顔で、『今日は自分でお弁当を作りました。おかずが冷凍食品ばかりなのでお見せできないんですけど』というコメントを見てくすりと笑う。

旬は料理ができないので、実際は葛生《くずう》が作っている愛夫《あいふ》弁当なのを知っているし、旬のインスタやツイッターを代筆している樫原《かしはら》が、クールな顔で旬になりすまして可愛いことを書いている様子を思い浮かべてにまにましながら「いいね！」をつける。

樫原と旬の三人のグループLINEに、

「旬、今日もお疲れ様。明後日《あさって》クランクインだよね。俺はその日北海道なんだけど、あっちから応援してるからね。旬の八代目團十郎《だんじゅうろう》、絶対にハマリ役だから、初日も固くならずに『俺の美しさを見ろ！』くらいの気持ちでやればいいよ。あと樫原さんから新曲のデモ送ってもらって聞いたけど、すごくよかったよ。紅茶の新ＣＭでサビが流れたら耳に残るメロディだし、またいい楽曲をもらえてよかったね」

と送ると、ほどなく旬から『日暮さ～ん、大好き。でも今日樫原さんに、吉富《よしとみ》監督が以前言う通りに演じられなかった役者にカチンコ投げつけて、庇《かば》った助監督の目に当たって網膜剝離《もうまくはくり》したことがあるって言われて、撮影に行くのが怖くなっちゃいました』という返事と二頭身の旬が後ろ向きに膝を抱えた『ずぅん・・・』というスタンプが届く。

もう、なんでわざわざそんなこと聞かせるのかな、ハッパかけるにしても言い方を考えてくれればいいのに、と遼太は眉を顰《ひそ》める。

「旬、それは吉富監督がまだ尖ってた頃の話で、いまは随分丸くなってるし、失明とか大ごとにもならなかったから、心配しなくても平気だよ。それに旬はいつも台本を深く読み込んで役の本質を捉《とら》えてるし、現場入りしたら役が降臨《こうりん》して神がかった芝居ができるから、そのとき團十郎ならどう感じるか、旬の心が動いたとおりに演じれば大丈夫だから。あとは現場を楽しむ気持ちを忘れないで、いい緊張感だけ残してリラックスだよ」

そうフォローして、今度は樫原を窘《たしな》めるメッセージを送ろうとしたら、エジスクのリーダーだった古藤《ことう》からメールが届いた。

エジスクメンバーとはいまでもつきあいが続いており、結婚して二児の父となった片柳《かたやなぎ》は都内在住で、家に招かれたこともあるし、毎年家族写真入りの年賀状をくれる。新潟の直江津《なおえつ》で酒蔵《さかぐら》を継いだ古藤とはなかなか直接会う機会はないが、近況報告のやりとりはしているし、毎年誕生日にはその年の出来のいい吟醸酒《ぎんじょうしゅ》を送ってくれる。

今年も送ってくれたので、御礼のメールに今度実相寺の付き人も掛け持ちすることになったと伝えたら、親戚の叔母母子《おやこ》が実相寺ファンで、糸魚川《いといがわ》市でのコンサートに来てくれるというので、もしよければ古藤の分のチケットも手配するから見に来ないかと誘ってみた。

古藤は厚意《こうい》に甘えて是非行きたい、もしコンサート後に時間が取れたら食事でもしないか、と言ってくれ、久々にリーダーと会って話せたら嬉しい、と心が浮き立った。

スケジュールを確かめると、糸魚川市民会館でのコンサートは十六時からの一回公演だけで、コンサートが十八時半に終わり、会場ロビーでのCD購入者へのプチ握手会と、セットのバラシや機材をツアートラックに積み込むローディーさんの手伝いとスタッフミーティングのあと、実相寺をホテルに送って急いで衣装の手入れを済ませれば、二十二時には身体が空《あ》く。

コンサート終了後からかなり待たせることになってもいいかと訊ねると、全然構わないという返事をくれたので、七年ぶりに会う約束をした。

古藤のメールは当日遼太たちが泊まるホテルのそばの人気の居酒屋を予約したというもので、

添付してくれた店のサイトを見ながら、エジスク時代に古藤がバイトしていた居酒屋でよくネタの相談をしたことを懐かしく思い出す。

自宅に着き、風呂に入ってから旅支度を済ませ、樫原にメッセージを送る。

『樫原さん、あのあと旬のメンタルは落ち着きましたか？　旬に完璧な演技をさせたくて激励のつもりで吉富監督のカチンコネタを話したのかもしれませんけど、ビビらせるのは逆効果ってわかってるでしょう？　俺がその場ですぐフォローできないときは言い方に気を付けてくださいね。俺は明日の夜から北海道入りで、その後東北の会場を回る間は行きっぱなしの予定なんですが、旬のことでなにかあったら遠慮なく連絡ください。可能なら戻りますので。一応ツアー日程と宿泊先のリストを送っておきますね』

たぶん樫原はなにかあっても自分を頼ったりしないだろうし、そんなリストなど不要だと思うが、不在中もすこしは心に留めておいてほしいという願いを込めて日程表を添付する。

ベッドに左向きになって電気を消そうとしたとき、樫原から電話がかかってきた。

『もう寝るところだったらすまん。すぐ切るから。さっきの吉富監督の件だが、俺がいきなりいらんことを言ったように旬がおまえにチクったが、その前にやりとりがあったって弁解させてくれ。今日のあいつの弁当のゆかりご飯の上に「ガンバレ♥シュン♥ダイスキ」って海苔《のり》で書いてあって、こういうアホな弁当の画像はインスタに上げられねえし、自分で作ったたって書いてるのになんでこんな嬉しそうなのか、まさか彼女が作ったのかとかファンに邪推《じゃすい》されるから、葛生さんにクソな海苔文字はやめろと言っとけと言ったら、旬が「樫原さんこそクソ野郎です。冷凍食品ばっかりじゃないし、せっかく葛生さんが早起きして海苔用ハサミで愛を込めて切ってくれてめちゃくちゃ嬉しいのに、やめろなんてひどいです！　どうして日暮さんがこんな血も涙もない人を好きだっていうのかまだ信じられない、なにか弱味でも握って脅《おど》したんじゃないですか」ってケンカ売りやがったから、買ったまでだ。あいつが悪いだろう？』

「……」

いい芝居をさせるための叱咤《しった》激励ではまったくなく、ただの大人げない売り言葉に買い言葉だったと聞いて、内心呆れながらも笑ってしまう。

「……海苔文字くらい目くじら立てなくても。葛生さんてマメだなぁって感心するし、旬のテンションを上げてくれてありがたいじゃないですか。インスタの写真、めっちゃいい笑顔だったし、生で見たかったくらいです」

いままでなら同じ場所でリアルタイムで見られたし、それを撮る樫原や、旬と樫原のどつき漫才を生で見て、「お母さーん、またお兄ちゃんが苛《いじ》めたー」「こいつが生意気なんだ」的な兄弟喧嘩のようなやりとりの仲裁《ちゅうさい》をするのも楽しかったな、とすこし前の日課だった光景を思い出していると、樫原がぼそりと言った。

『……でもおまえは俺たちと離れても、実相寺と長束と随分うまくやってるらしいじゃねえか。高浜《たかはま》さんに聞いたが、実相寺はエジスク時代のおまえを覚えてて、初日からあっさりお気に入りだって言うし、長束も『日暮さん日暮さん』って頼りにしてるそうだし……。おまえがうまくやれねえわけはねえと思ってたが、ツアー中、浮気すんじゃねえぞ』

「……へ？」

すこし拗《す》ねたような声で言われた忠告が意外すぎて、思わず聞き返してしまう。

まさかそんな心配をされるとは思っておらず、

「……う、浮気って、俺がそんなことするわけないじゃないですか。実相寺さんも長束くんも、俺をそんな対象にするはずないし……それに俺には、樫原さんがいるし……」

と赤くなって口ごもりながらもごもご言うと、樫原がまた意外なことを言った。

『……わかってりゃいいが、おまえ今モテ期が来てるじゃねえか。おまえとこうなる前は、旬が『日暮さん、大好き』って連呼《れんこ》してても小鳥のさえずりくらいにしか気にならなかったが、いまは『黙れ』とどつきたくなるし、実相寺と長束にも早く日暮を返しやがれとイライラする。おまえがいつもどおり痒《かゆ》いところに手が届く仕事をすると、実相寺に手離してもらえなくなるかもしれねえから、時々わざとひでえミスして、なるべく嫌われるようにしろ。おまえは俺だけにモテてりゃいいんだ』

「……」

どう聞いても独占欲としか思えないことを言われ、目を剝いて驚きながらも、嬉しくて顔が最大限に緩《ゆる》んでしまう。

ビデオ通話じゃなくてよかった、とにやけきった顔を片手で押さえながら、

「……敏腕《びんわん》マネらしからぬことを言わないでください。樫原さんて、意外に嫉妬深いタイプなんですね」

と嬉しさを隠して指摘すると、樫原は数秒黙ってから言った。

『……だから、それもおまえに対してだけだ。俺は元々ベタベタした恋愛は嫌いだし、放任主義で束縛なんてするのもされるのも嫌だったのに、一度おまえを自分のものにしたら、独占欲が尋常じゃなく湧き上がって、旬にさえ嫉妬するし、首に首輪とロープつけて監禁でもしねえと安心できねえくらい心配なんだ』

「……」

やっぱりドSみたいなこと言ってる……、とおののきつつ、そんなに束縛したいと思ってくれるなんて、とうっかり感激してしまう。

遼太は弛《ゆる》んだ顔のまま、なんとか落ち着いた口調を装《よそお》う。

「……監禁はやめてほしいし、そもそも俺にモテ期なんて来てませんから。無駄な心配しなくても、俺だって樫原さんだけにモテればいいいし、浮気なんて絶対にしません。樫原さんこそ、俺がそばにいなくても誰とも浮気しないでくださいね」

たぶん忙しいのと、面倒くさがりなので浮気はしない気がしたが、一応釘《くぎ》を刺す。

そんなことを女房面《づら》して言えることにも照れと喜びを感じてニマニマしていると、

『しねえよ。今回、すこし離れただけでおまえのありがたみが身に沁《し》みてわかった。いままでずっと当たり前のように一緒にいたから改めて考えもしなかったが、俺の精神衛生におまえの笑顔がどんだけ貢献してくれてたか、毎日痛感してる』

と驚くほど率直に告げられる。

ツンな塩対応や毒舌も多いが、素直な言葉もポロリと口にするので、ときめきと感激でじわりと瞳が潤《うる》んでしまう。

樫原さん、と声を詰まらせながら呼ぼうとしたとき、

『……いま目の前におまえがいたら、おもいっきり抱きしめて、唇と頬とうなじに噛みついて、顎肉《あごにく》揉《も》みまくって、裸に剝《む》いてケツに頬ずりして、トロ顔でフェラする口許《くちもと》を凝視《ぎょうし》して、俺も、』

「わー！　なに言ってるんですか！　やめてくださいっ！　いまめちゃくちゃ感激すること言っといて、よくそこまで台無しにできますね！　それ全然ギャップ萌えじゃないですから！もう切りますよ！　樫原さんも明日早いんだし、変なこと言ってないで早く寝てくださいっ！」

心の中の乙女男子が発動して真っ赤になりながらガミガミ言うと、電話の向こうでくすりと笑う気配がした。

『わかった。おやすみ』

直前にデリカシー皆無の言葉を並べた同じ口とは思えない甘い声音で囁かれ、「……おやす

みなさい」とあっさりぽぅっとしながら通話を切る。

目を閉じてからも、相手の言った言葉がどれも耳から離れず、脳内再生しながらごろごろしてしまい、何度左向きになっても落ち着いて眠る気にはなれなかった。

＊＊＊＊＊

新潟での公演が無事終わり、細々した裏方仕事を長束《ながつか》とツアースタッフと協力して行い、実《じっ》相寺《そうじ》をタクシーに乗せてホテルまで送る。

実相寺はコンサート後、気力体力に余力が残っていればバンドメンバーと地元の店に一緒に食べに行ったりするが、今日は疲れたのでルームサービスを取って早く休むという。

明日の出発時間を伝え、これから知人と食事に行く約束があり、二、三時間不在にすると告げると、「あら、誰と？」と聞かれたので、エジスクのリーダーで、今日の公演を実相寺ファンの親戚と見に来てくれたことを伝える。実相寺は「ほんと？　嬉しいわ。サイン書いてあげる」と機嫌よく色紙にサインして、四角い顔の人によろしく伝えてね、と手渡してくれた。

自分の部屋で実相寺のスパンコールつきなどの洗えない衣装の裏地に消臭ミストをかけてスチームアイロンをかけ、クリーニングに出せるものをランドリーバッグに入れ、洗える小物を洗って干し、自分も汗だけ流して出て行こうとしたとき、樫原《かしはら》から電話がかかってきた。

『日暮《ひぐれ》、お疲れ。いまホテルの部屋か？』

「はい。どうしました？　旬《しゅん》のことでなにか……？」

またメンタルが落ちることでもあったのかと急いで問うと、

『いや、実はいま同じホテルにいるんだ。七〇二号室。旬は隣の七〇三』

とさらりと言われる。

「……え。いまって、どういう……、ほんとにこのホテルにいるんですか……？」

どういうことなのかすぐには把握できず、怪訝《けげん》な顔で聞き返す。

樫原から二週間前にもらった旬のスケジュールは連日映画の撮影で、合間にラジオやテレビや雑誌の仕事がいくつも入っていたが、新潟での仕事はなかったはずだし、意味がわからなかった。

樫原は声にすこしドヤ感を滲《にじ》ませて続けた。

『驚いたか？　旬とサプライズしてやろうっておまえに黙ってたんだ。十日前にカニクリームサマーさんの「てくてく忠敬《ただたか》ＭＡＰ」のゲストのオファーが来て、糸魚川《いといがわ》市のロケだっつうし、ちょうど映画の撮影がずれて二日まるっと空いたから、急遽《きゅうきょ》受けたんだ。團十郎《だんじゅうろう》の子供時代の子役がいま声変わりしそうで、声が高いうちに撮りたいって、撮影日程が入れ替わったんだよ。だから今日は一日糸魚川市の街歩きのロケしてた。旬はさっきマッサージさん頼んだら施術《せじゅつ》中に寝ちまったんだが、明日の朝は一緒に飯食ってやってくれよ。てことで、俺だけいまからそっち行っていいか？　おまえの部屋番号は？』

「……え、あ、いますぐはちょっと……」

わざわざ同じ場所の仕事を選んでここまで来てくれたことは心底嬉しかったが、古藤《ことう》との先約があり、歯切れ悪く語尾を濁す。

『……誰かいるのか……？　まさか実相寺か長束か、それとも別のバンドマンとかじゃねえだろうな……？』

急に声のトーンが不穏な低音になったので、遼太は慌てて顔を振って否定する。

「いや、違いますよ、なに言ってるんですか。ひとりなんですけど、いまから古藤と会う約束してて……。古藤の地元がこの近くなので、今日穣《じょう》さんの公演を見に来てくれて、七年ぶりに会うことになってるんです。近くの居酒屋さんで待ち合わせしてるんですけど、二時間くらいで帰ってきますから、そのあと樫原さんの部屋に伺います。せっかく来てくれたのに、ほんとに申し訳ないんですけど、ちょっと寝たりして待っててくれませんか……？」

まさかこんなサプライズを仕組んでくれるとは思わず、期待どおりの反応ができずに済まない気持ちでいっぱいだったが、仕事にかこつけて会いに来てくれた相手に愛と感謝が増す。

樫原は若干テンションの下がった平板《へいばん》な声で、

『前に旬が葛生《くずう》さんにサプライズしようとしてしくじったことを思い出したぜ。……ま、相手がエジスクのリーダーならしょうがねえか。会うのは解散以来なんだろ。久々なんだから、二時間なんて言わずにゆっくり旧交を温めてこいよ。また次にいつ会えるかわからねえんだし』

と口調とは反対に寛大で情のある言葉をくれた。

「ありがとうございます。でも俺も明日もあるし、そんなに遅くならないうちに帰ってきますから」

行ってきます、またあとで、と笑顔で通話を切り、急いでランドリーバッグを持って部屋を出る。

フロントで明日の出発時間に間に合うようにクリーニングを依頼してから、古藤が予約してくれた店にスマホのアプリで場所を確かめながら小走りで向かう。

店の入口の前に立っている懐かしい姿を見つけ、遼太は満面の笑みを浮かべて駆け寄った。

「リーダー！　久しぶりだね。待たせてごめん」

「もうリーダーじゃないんだから、大声で呼ぶなよ。……おまえあんまり変わんないな、相変わらずつるっとした顔して」

「いや、そっちも全然変わってないよ、輪郭《りんかく》が」

そこかよ、と笑いながら店に入る。

漁港が近いので魚介《ぎょかい》料理が充実しており、あれこれ注文してからビールで乾杯する。

「今日はコンサートに来てくれてありがとう。あ、そうだ、実相寺さんがね、エジスクのこと好きだったんだって！　リーダーのことも『四角い顔の人』って覚えてて、サイン書いてくれたんだ。親戚の叔母さんと姪《めい》っ子さんの分もあるから、渡しといてくれる？」

汚れないようにビニールバッグに入れた色紙を渡すと、

「お、悪いな、わざわざありがとな、きっと喜ぶよ」

穣王子に御礼言っといてくれな、と実相寺の通り名を口にして、色紙を席の後ろに挟む。

運ばれてきた料理を食べながら、今日のコンサートの感想から、実相寺の二十代にしか見えない若さの秘密はなにか、真中《まなか》旬の絶対見るべき主演作ベスト5、最近の若者の日本酒離れについて、エジスクの最高ネタランキングなど、あちこち飛びながら話題が尽きず、ちょいちょい繰りだされる古藤のボケに笑いが止まらなかった。

隣に席を移し、わざとべたっと頬を寄せた2ショットを撮って片柳《かたやなぎ》に送ると、『ズルい、俺だけ除《の》け者にしてなにやってんの』というレスがあり、古藤が『妻子持ちは入会できない決まりになっております』とふざけて送ってから、顔を上げた。

「……遼太はさ、結婚の予定とか、まだないのか……？」

さっきまで酔ってぎゃはぎゃは言っていたのに、急に神妙な顔で問われ、

「あ、うん。『結婚』とかは全然……、リーダーこそどうなんだよ。実はそういう相手、いるの？」

と樫原のことを七年ぶりの再会の場でカミングアウトするのもためらわれ、逆に質問し返す。

自分の知る限り、古藤は学生時代もエジスク時代もコントひと筋で、誰ともつきあったりはしていなかった。

イケメンの片柳が彼女持ちのくせにモテていたので、非モテの同志として結束していたが、自分も古藤もあまり切実に独り身を憂《うれ》えてはおらず、メンバーでわいわいやっているだけで充分楽しかった。

自分はエジスク解散後に樫原と出会えたが、相手も地元でいい人を見つけたかも、と答えを待っていると、古藤は生中のジョッキを見つめ、何度か言いあぐねるように唇を動かしてから目を上げた。

「……俺は、母親に早く十二代目として身を固めろってせっつかれてて、何度か見合いもしたんだけど、どうしても踏ん切りがつかなくて、全部断っちまった。誰と見合いしても……おまえじゃないって、思っちゃって……」

「……え？」

遼太はきょとんとして古藤を見返す。

すこし意味がわからず、これはネタだろうか、と一瞬迷う。

エジスク時代は真顔のネタ披露《ひろう》が定番だったが、いまこの場でやるだろうか、と首を傾《かし》げてもう一度窺うと、古藤は酔って赤らんだ顔色をさらに濃くした。

古藤はがぶっとジョッキを呷《あお》ってから、意を決した顔で続けた。

「俺、ほんとは遼太のこと、学生の頃からずっと好きだった。でも俺は男だし、顔も四角いし、言う勇気がなくて、友達でいられればいいと思ってて……、俺はお笑いで生きていく気だったから、遼太を相方にすればずっと一緒にいられると思って、ほんとは遼太だけを誘いたかったのに、片柳が横から『俺もやりたい』ってしゃしゃり出て来て三人になっちまったけど……でも、おまえといられたから、下積み時代もほんとに毎日幸せだった」

「……」

古藤がそんな風に思ってくれていたなんてまったく想像もしていなかったから、驚きすぎて言葉が出なかった。

古藤は唇を湿らせ、再び口を開いた。

「……親父が死んでこっちに戻ることになったとき、気持ちを打ち明けようか、すごく迷った。でも断られたら、このまま二度と会えなくなるかもって思って、友達のまま離れたんだ。遼太が恋人作ったり、結婚したりしたら諦める気でいたけど、なかなかそういう話してこないし、俺もずるずる引きずってて……、でも今日遼太に会って、どうしたいのかはっきりわかった」

古藤はこくっと唾《つば》を飲み、遼太の目を見つめながら言った。

「……遼太、もう一度、今度はコンビで俺とエジスクをやってくれないか……？」

「えっ……！」

思わず声を上げた遼太の右手を古藤はぎゅっと掴んできた。

「俺、おまえのことも、お笑いも、やっぱり諦めたくない。ずっとどっちも忘れなきゃって思ってきたけど、俺の人生で大事なものはそのふたつだってよくわかった。おまえがうんって言ってくれたら、十二代目は捨てる。遼太が付き人の仕事をすごく頑張ってるのは知ってるけど、もし解散してなかったら、裏方じゃなく、演者《えんじゃ》のまま日の当たる場所にいられたし、おまえだってコント真剣に好きだっただろ？　いまも俺のボケにもれなくツッコんでくれて、この感じ！　ってすごく思った。もう一回一緒に表舞台目指さないか？　おまえに俺の人生の相方になってほしいんだ」

「……っ」

痛いほど握られた手と、視線と語調で、それがずっと言いたくて隠してきた本心だと伝わってきた。

由緒《ゆいしょ》ある酒蔵の跡継ぎとして七年真面目に打ち込んでも、どうしてもお笑いの夢を捨てきれなかったという古藤の気持ちは元メンバーとして胸が締め付けられるようで、抱きしめて慰めてやりたい衝動に駆られるが、あくまでも『仲間』としてで、古藤の望む気持ちは返せない。

古藤もコントもいまでも大好きだし、七年前だったら再結成の話に飛びついて喜べたと思うが、いまはもう別の道を進んでおり、相手と同じ熱量ではないし、古藤に友情以上の気持ちは抱けなかった。

　遼太は握られた手を静かに引き抜き、すこしためらってから目を上げた。

「……古藤、またエジスクに誘ってくれて、ありがとう。でも、もう『やってみる』って二十歳のときみたいには言えない。……俺、付き人の仕事、天職だと思ってるんだ。旬も実相寺さんも、前に担当したきよらさんや琴里《ことり》さんも、困った部分がないわけじゃないけど、本当にスターってこういう人たちのことを言うんだっていう特別な光があって、この輝きをみんなにも見せたい、そのためならなんでもするって思えるし、自分が前に出なくても、日陰の仕事だとか残念に思う気持ちはないんだ。旬がいい仕事をして、クレジットに俺の名前なんてどこにも出なくても、鳥肌が立つようなパフォーマンスを間近で見られて、俺のサポートもすこしは役立ってるって思うだけで、充分お釣りがくるくらいやりがいを感じるんだ」

　それに……、とすこし間をあけ、遼太は言葉を継いだ。

「……実は、ずっと好きだった人に最近振り向いてもらえて、恋人になってもらえたんだ。古藤の気持ちはすごく嬉しかったけど、やっぱり大事な仲間以上には思えないし、新生エジスクの相方も、申し訳ないけど、どっちも引き受けられない」

「……」

　遼太の答えを歯を食いしばって聞いている古藤の輪郭がさらに角ばり、人を振るという初めての経験に胸を痛めながら遼太は続けた。

「……エジスクのメンバーだったことは俺の誇《ほこ》りで、最高の青春時代だったたし、あの時誘ってもらえてほんとによかったと思ってる。……旬のマネージャーとの初仕事の日に、エジスクの『ファラオがいる』で笑ったって言ってくれて、その人は外見も口調もすごくクールで、お笑いとか好きじゃなさそうに見えたから、めちゃくちゃ嬉しかったんだ。実相寺さんも俺がエジスクメンバーだったから早く打ち解けてくれたみたいだし、やっててよかったって思うけど、あのまま続けてたらとか、あの頃に戻りたいとかは、もう思ってないんだ。エジスクは俺の大事な思い出だから、古藤とも、できればこれからも大事な友達としてつきあっていけたら嬉しいんだけど……そんなの図々しい頼みかな……」

気持ちに応《こた》えられなくても、このままフェードアウトにはなりたくないとおずおず窺うと、古藤は食いしばっていた唇の隙間から、ふうぅ、と長く息を漏らしてから、苦笑した。

「……それはこっちの台詞《セリフ》だよ……。振られて終わりになるのが一番へこむし……、振ったほうも気まずいだろうけど、おまえなら、きっとそんなことおくびにも出さずにこれからも普通に接してくれるだろ……?」

すこし濡れた目で言われ、遼太もつられて泣きそうになりながら頷き、しんみりした空気を誤魔化《ごまか》したくて、目の前のかじきのアクアパッツァをはぐはぐ口に運ぶ。

古藤は大学に入って最初に仲良くなった友達で、すごく気が合ったたし、もし古藤じゃない相手からお笑いの道に誘われていたら、きっと柄じゃないと断っていたと思う。

それくらい心を開いていた相手だったから、もしもっと前に古藤の気持を聞いていたら、もしかしたら前向きに考えていたかもしれない、とチラッと思いそうになり、モブキャラの分際でなに図々しく多情なことを、と己を諌《いさ》めながらかじきを咀嚼《そしゃく》し、杏露酒《シンルーチュウ》サワーを干す。

店を出て、大通りでタクシーを止め、

「じゃあ、またな。仕事頑張ってな。……この顛末《てんまつ》は、『言わなきゃよかったのに日記』とかいうタイトルのコントのネタにでもするから、十年後くらいに片柳も呼んでシナリオ読ませてやる。そのときは酒の肴《さかな》にして笑ってくれよ」

と空元気《からげんき》かもしれなくても笑顔で言ってくれた古藤に泣き笑いを堪《こら》えて頷く。

七年前に高速バスのターミナルで見送ったときと同じように、相手の乗ったタクシーが見えなくなるまで見送ってから、踵《きびす》を返してホテルに戻ろうとしたとき、すぐ後ろにいた長身の男にぶつかりそうになった。

「あっ、すいませ……あれ？　樫原さん……⁉」

なぜか目の前に、リアルな豚の丸焼きがプリントされたパーカーを羽織り、その下に「肉しか信じない」という謎の主張が書かれたTシャツ、北斎《ほくさい》ブルーの富嶽《ふがく》三十六景の大波柄のハーフパンツ、靴は革靴といういでたちの樫原がおり、遼太は目を剝《む》く。

「樫原さん、どうしてここに……？」

コンビニにでも行こうとしたんだろうか、と訝《いぶか》しんで問うと、樫原がぶすっとした声で言った。

「やっぱりモテ期来てんじゃねえか。あんな四角い顔の奴にまで」

「……え」

いまタクシーで別れたところを見て、そんな邪推《じゃすい》をしてるんだろうか、と戸惑っていると、

「ちゃんと断ったからよかったが、『誘ってくれてありがとう』なんて言うから、もしおまえがエジスクに戻ると答えたらどうしようって、ちょっと焦っただろうが」

とぼそりと付け足され、遼太はぽかんと口を開ける。

「……え、なんでそれを……、まさか、樫原さん、あのお店にいて聞いてたんですか⁉」

思わず大声で叫ぶと、無表情に頷かれ、「……嘘」と呆然と呟く。

さっきホテルで電話を切ったあと、こっちに気づかれないように後を尾《つ》けてたのか、しかもそのコーディネートで、と絶句してしまう。

そういえば、近くの席にパーカーを被《かぶ》ったままのおひとり様の客がいて、声を出さずにメニューを指差して注文しては黙々と食べている人がいたけど、なんか変な人がいるとしか思わなかったし、あまりそっちを見ないようにしていたから全然わからなかった。

それにしたって、いくら独占欲や束縛欲が尋常《じんじょう》じゃないと言ってもここまで疑わなくても、と遼太は眉を寄せる。

「樫原さん、さっきは『二時間と言わず、ゆっくり旧交を温めてこい』なんてかっこいいこと言っといて、実はストーキングしてたんじゃないですか。そんなに俺が信用できませんか？」

内心では樫原さんにストーキングされてしまった……！　とひそかに嬉しくて興奮したが、ここは喜んじゃダメなとこかも、と一応理性的に指摘すると、樫原は視線を逸《そ》らしてぼそっと言った。

「……信用はしてる。でも、心配なんだからしょうがねえだろ。それに電話で言ったのはただの建前《たてまえ》だ。真意は『せっかく恋人がサプライズで新潟まで来てやったんだから、七年ぶりの再会でもさっさと五分で切り上げてこい』という意味だ。本当に二時間大盛り上がりでくっちゃべっていいとか、あいつのボケに息ぴったりのツッコミいれろとか、頬寄せて写真撮ったり、ちょっとほろりとくる純愛告白されて満更でもなさそうな顔していいなんて言ってねえ」

また「素直か！」とツッコみたくなる本音をボロボロ零《こぼ》され、ドギマギする。

「そ、そんな顔してませんから。ていうか、立ち話もなんだし、早く部屋に帰りましょうよ」

もう時間も遅いので人通りは少なかったが、道端で同性カップルが痴話《ちわ》喧嘩してると思われても困るし、……ほんとはそう思われたらちょっと嬉しいけど、と思いつつ周囲を窺うと、樫原が片頬をニヤリと歪《ゆが》めた。

「急に積極的じゃねえか。おまえもしばらくご無沙汰《ぶさた》だったし、早く俺と乳繰《ちちく》り合いてえのか」

「なっ、違いますっ！　樫原さんのその上から下まで壊滅的《かいめつてき》にダサい恰好をこれ以上人目に晒《さら》すのが忍びないだけですっ！　それにどうして路上でも『乳繰り合う』とか親父くさい語彙《ごい》をチョイスするんですかっ⁉」

焦ってスケベ目的ではないと主張するために相手の服のセンスとワードセンスを全否定すると、樫原は口を曲げて居直る。

「服は仕方ねえだろ。風呂上がりにおまえに電話したら、すぐ出るとこみてえだったから、まともな服に着替える暇がなくて、スリッパ履《は》きかえるのが手一杯だったんだよ。けど、おまえ、『そのままの俺が好きだ』『素敵キャラじゃなくていい』って言ったのに、嘘だったのかよ」

「……う、嘘じゃないですけど……。だから、着替える間もないなら追いかけてこなければよかったのに。心配しなくても、誰に何を言われようと、俺の相方は仕事もプライベートも一生樫原さんしかいないって、絶対揺らがないし」

モブキャラの自分相手にやたら浮気を心配する恋人を諌めようときっぱり告げたあと、遼太はハッとする。

いまの言い方だと、まるで自分からプロポーズしたみたいだ、と内心慌てふためく。

モブキャラの分際で自分から言うなんて図々しいけど、本気でずっと一緒にいたいただひとりの人だから、もうプロポーズと受け取られてもいいんだけど、どうせならこんなうっかり言うんじゃなくて、もっと演出に凝《こ》りたかった、と変な後悔をしていると、樫原はじっと遼太を見おろし、両の口角《こうかく》を上げて「……そうか」と柔らかさの滲む笑みと声で返事をした。

その微笑と言い方にキュンとときめきながら相手を見上げる。

ふと気づくと、ちょうど街灯の下でスポットライトのような灯りに包まれており、相手の服さえもうすこしまともだったらと悔やまれるが、モブキャラ主演の恋愛物にしては充分ロマンチックなシーンに思えた。

うっとりと切れ長の瞳を見つめると、相手が言った。

「……そういう可愛い顔で可愛いことを言われると、外だろうが抱きしめたくなるだろ。早く部屋に帰ろうぜ」

さっきよりはかなりデリカシーのある言い方になっていたので、乙女男子としても受け入れやすく、遼太は照れを堪えて「……はい」と答えた。

＊＊＊

「……んっ、うんっ、ふっ……んん」

部屋に辿りついた途端、きつく抱きすくめられて噛みつくようなキスをされ、服を剥《は》がれてベッドに押し倒された。

前に電話でしたいと言っていたことを実践され、跨《また》がって服を脱ぐ相手を興奮して見上げながら、次にしたいと言われたことを思い出す。

口でするところを見たいと望まれたが、下着ごと下ろしたハーフパンツから出てきたものを見たら、頼まれなくてもしたくなった。

「……か、樫原さんのそれ、口で、したい……」

多少アルコールも入っていたし、久々に生で見た相手の性器に抑えがきかず、下唇を舐《な》めながら口走ると、「……いいぞ、一緒にやろうぜ」と相手も興奮の滲む声で言った。

最中の顔を見られなくて済む、と一瞬ホッとしたが、シックスナインのほうがもっと恥ずかしかった、と初めて結ばれてからの三日間で何度かさせられたことを思い出し、かぁっと顔を熱くする。

でも先に相手にごろりと横たわられ、早く上に乗れ、というように目で促《うなが》されてしまい、羞《しゅう》恥《ち》を堪えて相手の顔の上で脚を開く。

没頭《ぼっとう》してしまえば羞恥心が薄らぐのも学習したので、片手で根元を扱《しご》きながら舌を伸ばして亀頭を舐め、先走りを味わってから雁首《かりくび》まで咥《くわ》える。

「……ん、んむっ、んっく、うんん……」

こんなことが好きだなんて恥ずかしくて死んでもバレたくないが、樫原のものを口に含むのはたまらなくときめく行為で、相手の股間に顔を埋《うず》めて舌も唇も頬も喉《のど》も全部使って一心《いっしん》に奉仕する。

相手の凛々《りり》しい性器が自分の唇の愛撫に反応してより大きく硬く濡れてくると、嬉しくて興

奮して触れられなくても自分まで感じてしまう。

いまは本当に直接相手の熱い口中《こうちゅう》で吸い上げられ、達《い》ってしまいそうに昂ぶりながら、懸命に舌を遣う。

樫原がゆるやかに頭を振りながらしゃぶっていた性器を口から外し、尻たぶに甘噛みしてから、奥の狭間《はざま》に舌を這わせてくる。

「アッ……ン！」

後孔《こうこう》に感じた熱く濡れた感触にビクッと震え、すぐに声を堪えるために相手のものを深く飲み込む。

初めてそこを舌で愛撫されたとき、そんなところを舐めるなんておかしいのでは、と驚愕して訴えたが、「こんなの普通だろ」と取り合ってもらえず、延々と慣れるまで舐められて、これも好きにさせられてしまった。

相手は蕾《つぼみ》を飽きるまで舐めあげてから、舌を中に潜《くぐ》らせてぐるりと舐め回してくる。

舌を抜き差ししながら、揺れる性器や陰嚢《いんのう》も揉《も》みこまれ、気持ちよくてフェラチオに集中できず、ただ口に入れたまま唾液《だえき》を茎《くき》から滴《したた》らせて悶《もだ》える。

「……ンンッ……ぅふう……んううっ……」

咥えながら尻を揺すって呻《うめ》いていると、舌と入れ替わりで指が入ってくる。

中を擦《こす》る指が三本まで増やされたとき、遼太は太腿《ふともも》を震わせて首を振り、じゅぱっと口から太い性器を抜きながら叫んだ。

「樫原さっ、も…イきたくて、我慢できなっ……、早くこれで、イかせてくださっ……！」

両手で摑んだ剛直《ごうちょく》がほしいと羞恥を堪えて懇願《こんがん》すると、樫原は三本の指をねじるように入口まで引き抜きながら言った。

「……『これ』ってどっちだ。俺の指か、チンポか、どっちでイきてえのかちゃんと言え」

「……っ！」

わかっているくせにわざと卑猥《ひわい》な言葉を言わせようとする相手が恨めしくなる。

爛《ただ》れた三日間でも何度もそういう親父くさいことをされ、こういうところは本当に嫌だと乙女の部分で憤《いきどお》る。

あとで羞恥と後悔で悶絶《もんぜつ》することになるから、そんな言葉は絶対言わない、と唇を引き結んで拒否すると、相手は入口に留まっていた指をにゅるりと中に戻し、感じる場所を抉《えぐ》りだす。

「アッ、あ、指、ダメっ、やっ、樫原さんっ……！」

言わないとこのまま達かせる気だと示す動きでぐりぐり穿《うが》たれ、先走りがとろとろととめどなく零《こぼ》れてしまう。

指でも充分感じるが、相手の大きな性器で突かれるほうがもっといいと身体が覚えてしまい、別のものを求めて奥の襞《ひだ》がうずうずうねる。

遼太は不本意さにじわっと涙目になりながら、ためらいがちに聞き取れないほどの小さな声で言った。

「……か、樫原さんの、……お、……おち……ち……で、イきたい、です……っ」

これが精一杯で、もし「聞こえねえな、もう一回」とか、「おおちちってなんだ。チンポだろ」とか意地悪なことを言われたら噛みついてやる、と思ったとき、ぐいっと天地が入れ替わった。

上から覆《おお》いかぶさってきた樫原に、

「おまえ、ほんとに俺のこと好きだな」

と嬉しげに微笑され、事実でもムッと来たが、表情や語調につい怒りが弱まる。

「……好きですけど、悪いですかっ……」

自分でも趣味が悪い気もするが、好きなんだからしょうがないと開き直って赤い顔で睨むと、

「全然悪くねえよ。俺もおまえが好きだ。大好きだ。たぶん愛してる」

と真顔で告げられる。

「え」と驚いて目を瞠《みは》る遼太の視線を避けるように、性急に足を摑んで両肩に乗せ、有無《うむ》を言わさずぐぐっと突き入れられた。

「あぁあっ……！」

いまはじっくり喜びを噛みしめたいところなのに、がつがつと最初から激しい動きで腰を遣われ、翻弄《ほんろう》される。

愛してるってほんとですか？　照れて身体で誤魔化したんですか？　と聞いてみたかったが、たぶん確かめなくてもきっとそうだし、嬉しくて頭も身体もとろとろで、喘《あえ》ぎ以外の言葉が出せなかった。

「あっ、あっ、はぁんっ、んぅんっ……」

「……おまえの中、すげえぞ……、ぎゅうぎゅう締まって……すげえいい……」

呻《うめ》くような呟きが色っぽくていやらしくて、余計興奮して中がきゅんきゅん蠢《うごめ》いてしまう。

「あっ、ぁんっ、樫原さ…の、おっきいの、すご、きもちぃ……っ！」

互いに言葉で煽《あお》り合い、隙間なく繋がって腕も足も絡ませ合い、同じ動きに耽溺《たんでき》する。

「あ、あ、……か、樫原さっ、俺も……大好き……、俺は、『たぶん』は抜きで、ちゃんと、愛してますから……っ」

言葉は先を越されてしまったが、自分のほうが年季の入った樫原推《お》しだと張り合うように告げると、相手は一瞬動きを止め、チッと舌打ちした。

「……だから、行間読めよ。俺だって真意は『たぶん』抜きだ。それくらいわかんだろうが」

すこし目許《めもと》を赤らめながら怒ったように言われ、ほとんどでんぐり返りそうなほど腰を上向かされて深々突き込まれる。

ドSな腰遣いで責められて悲鳴を上げながらも、なんだか相手が可愛くて愛《いと》しくて、ただただ幸せな気持ちで遼太は絶頂まで駆け上がった。

＊＊＊

また明日も太陽が黄色く見えそうな行為の事後、ふたりで軽くいちゃつきながらシャワーを浴びて出てくると、遼太の携帯に旬からＬＩＮＥが来た。

『日暮さん……、ごめんなさい。さっき目が覚めちゃって、なんか隣からうっすらベッドの軋《きし》む音とか声が聞こえちゃって、急いで葛生《くずう》さんに電話して聞かないようにしてたんですけど、なんかちょっと悲鳴っぽい声が聞こえたから、やっぱり樫原さんがご無体《むたい》してるんじゃないかと思って心配で』

そのメッセージを読み、遼太はボトッとスマホを取り落とす。

隣の部屋に旬がいることは知っていたが、疲れて寝ているはず、と安心してあんまり気をつけずに声を出してしまった……！　とカァッと赤面した直後に顔面蒼白になっていると、「どうした」と元凶の樫原がスマホを拾って目を通す。

「なんだ、あいつ起きちまったのか。『うるせえ、俺たちの身体の相性はぴったりなんだよ。いいからもう一回寝ろ』と送っとく」

平然と親指を動かす樫原に「はあ⁉　やめてくださいっ！」と遼太は速攻でスマホを取り返す。

動揺に震える指で「ごめんね、旬。変なもの聞かせて。ホテルだし、防音は大丈夫だと油断して、旬も寝てると思ってうっかりして……二度とこんなことはしないように気をつけるから、どうか今夜のことは忘れてくれないかな。ほんとにごめんね」と言い訳を送る。

横から見ていた樫原が、

「二度としないって、今後おまえが旬の専属に戻ったあと、ロケ先とかで同室になってもやらねえ気か？」

と不満そうに訊いてくる。

それは……、とちょっと迷って口ごもっていると、旬から返事が来る。

『日暮さんが苛《いじ》められてるわけじゃないなら、恋人同士なんだから、僕に遠慮せず、どうぞご自由に。ねえ、日暮さんたちが僕の前でいちゃいちゃしても全然構わないから、僕も葛生さんといちゃいちゃした画像送ってもいいですか？　よく新婚の同業者がラブラブな画像をＳＮＳに載せたりしてるのを見て、ちょっと羨《うらや》ましかったんです。僕たちも家でこっそり撮ってるけど、誰にも見せられないし、日暮さんなら『わぁ、いいなぁ』とか言ってくれそうだから、内緒で見てほしくて。何枚か最近撮ったのを送りますね』

浮かれた様子のメッセージが届いたすぐあと、送られた画像を開くと、旬の家の居間のソファに座った葛生の膝に旬が横座りし、旬が片手の指全部にとんがりコーンを被《かぶ》せて葛生にあーんと食べさせようとしている2ショットと、ふたりとも色違いのタオル地のヘアバンドで額を出し、歌舞伎の隈取柄《くまどり》のフェイスシートパックをして頬を寄せ合った2ショットで、写真からでも楽しげな笑い声が聞こえてきそうなラブラブな写真だった。

「なんだこりゃ。こういうの残しとくなっつってんのに、あいつらはほんとにプロ意識が足りねえバカップルで困る」

隣から覗き込む樫原がチッと舌打ちして吐き捨てたが、遼太は微笑ましく画像を眺め、もし実相寺《じっそうじ》さんからもらったパックで樫原さんといちゃいちゃパック写真を撮れたら嬉しいかも、と夢想する。

「いいじゃないですか、俺たちに見せるくらい。すごい幸せそうだし、バカップルって尊《とうと》いものだなってしみじみ思いました」

そう言いながら、旬に「いいもの見せてくれてありがとう。ほかのも是非見せて。でも今日はもう寝たほうがいいから、また明日。俺たちが起こしちゃって恐縮だけど、おやすみ」と送る。

汗やその他で湿ったシーツにバスタオルを敷いて横になると、樫原が当然のように腕枕をしてくれながら言った。

「……おまえ、あんなバカップルに憧《あこが》れてるのか？」

顎肉《あごにく》を摘《つ》まみながら問われ、割とすでにそうなんじゃ、と思いつつ隣を見上げる。

「んー、どっちかっていうとロマンチックなカップルに憧れますけど」

だから、『乳繰り合う』とか『チンポ』とかなるべく言わないでほしい、と言いかけると、樫原は「ふうん」と平板に呟いてから、片手をベッドの脇の鞄《かばん》に伸ばして、白い丸みのある小石を取り出した。

やるよ、と渡され、目を瞬《しばたた》きながら受け取る。

「それ、昼間ロケでヒスイ海岸ってところに行ったときに拾ったんだ。浜辺に翡翠《ひすい》の原石《げんせき》が落ちてて、旬が拾ってるところを撮ってる間、俺もおまえにやろうと思って探したんだ。磨《みが》けば綺麗な緑色の翡翠になるらしいから、指輪に加工したら、もらってくれるか？」

「……え」

またも『指輪』という乙女男子の胸を直撃する言葉を不意打ちで言われ、変態でドSで親父くさい欠点がすべて帳消しになってしまう。

遼太は淡い緑が透けて見える小さな石を電灯にかざし、幸せな笑みを浮かべながら言った。

「ありがとうございます。指輪にしてもすごく素敵だと思うんですけど、これはこのままいただいてもいいですか？　俺のいない場所でも、樫原さんが俺のことを思い出して拾ってくれたことがすごく嬉しいし、俺たちが出会ったのは『ジェムストーン』だから、原石のまま持っていたいんです」

そう言うと、やろうと思えばロマンチックなことを素でできる恋人は、「そうか」と笑って文句なくロマンチックなキスをしてくれた。

あとがき

AFTERWORD

―小林典雅―

こんにちは、またははじめまして、小林典雅《こばやしてんが》と申します。

本作は、既刊の『国民的スターに恋してしまいました』というシリーズで悪目立ちしていた脇キャラ、マネージャーの樫原《かしはら》と付き人の日暮《ひぐれ》の恋物語です。

スピン元は未読でも問題なく読めますが、軽くCMを兼ねてご説明しますと、本作にもちらほら出てくる真中旬《まなかじゅん》という美貌と実力を兼ね備えた若手人気俳優（でも素はめちゃくちゃネガティブで芸能人として生きるのが辛いレベルのヘタレ）と旅行会社勤務の一般人・葛生《くずう》が恋に落ち、樫原たちに邪魔されたりフォローされたりしながら秘密の恋を成就《じょうじゅ》させるお話です。そちらを書いたときには脇キャラのスピンオフを書く日が来るとは思っておらず、容赦《ようしゃ》なく無神経な毒舌キャラと凡顔《ぼんがお》のぽっちゃり体型にしてしまい、なんでこんな設定にしてしまったんだろう、と今回結構困りました（笑）。でも樫原のデリカシーの無さがいいとかぽっちゃり受でもどんとこいというあたたかいご意見に励《はげ》まされ、どういう出会い方だったのかなとか、スピン元と同じ出来事や事件の裏側で、ふたりがなにを思ってどんな話していたのかなど、いろいろ想像しながら別の物語を作るのは楽しい作業でした。この本とスピン元を読み比べて、あの時こっちではこんなことが起きてたのかとニマニマしていただけたらとても嬉しいです。

芸能界のことはまったくわからないので毎回おろおろしながら書いているのですが、雑誌掲載後のアンケハガキに「ふたりのお仕事ぶりがリアルで、業界ってこうなんだ～と思いながら読みました」みたいなご感想をちょこちょこいただいてしまい、ひぃっ、一応調べてはいるけど、適当にふんわり書いてるとこも多いから！　と弁解したい気持ちでいっぱいです。

あと最近別の既刊にでてきたネタをこっそり仕込むのがマイブームで、本作では琴里《ことり》が所望《しょもう》したおいなりさんは『素敵な入れ替わり』の舞台の島影《しまかげ》商店のお惣菜《そうざい》で、思い出のおばさんはイケメン好きの島影鶴子《つるこ》で、真中旬の出身校は『若葉の戀《こい》』の舞台の煌星《こうせい》学園という繋がりにしました。地味すぎて気づいてもらえない気がするので自分からアピールしてみました（笑）。

それと私は恋に落ちるとおかしくなる攻が好きなのですが、樫原はそう簡単にデレそうもないクールキャラなので、あまりキャラ変しないほうがいいかな、と思いながら書き始めました。が、どういうわけか（案《あん》の定《じょう》というか）ツンデレデレになってしまい、ツン成分が多いほうがお好きな方には申し訳ありません。おおいばりでデレる攻と、攻が変態化すればするほど嬉しがる受の割れ鍋に綴《と》じ蓋《ぶた》カップルの恋を少しでも楽しんでいただけたら嬉しいです。

このシリーズは佐倉《さくら》ハイジ先生に挿絵を描いていただけることも執筆の原動力で、高校生の旬のスカウトシーンや、凡顔でも可愛い日暮や、中身おっさんでもかっこいい樫原をたくさん拝見できて本当に幸せでした。お忙しい中、素敵なイラストを本当にありがとうございました。

心が消耗《しょうもう》しがちなご時世ですが、ビタミンＢＬでひととき笑って和《なご》んでもらえたら幸いです。

この本を読んでのご意見、ご感想などをお寄せください。
小林典雅先生・佐倉ハイジ先生へのはげましのおたよりもお待ちしております。

〒113-0024　東京都文京区西片2-19-18　新書館
[編集部へのご意見・ご感想] ディアプラス編集部
「スターのマネージャーも恋してしまいました」係
[先生方へのおたより] ディアプラス編集部気付　○○先生

- 初出 -
スターのマネージャーも恋してしまいました：小説DEAR+20年フユ号（vol.76）
彼は時々ロマンチスト：書き下ろし

[スターのマネージャーもこいしてしまいました]
スターのマネージャーも恋してしまいました

著者：**小林典雅** こばやし・てんが

初版発行：2021年2月25日

発行所：株式会社 新書館
[編集] 〒113-0024
東京都文京区西片2-19-18　電話（03）3811-2631
[営業] 〒174-0043
東京都板橋区坂下1-22-14　電話（03）5970-3840
[URL] https://www.shinshokan.co.jp/

印刷・製本：株式会社光邦

ISBN978-4-403-52526-1 ©Tenga KOBAYASHI 2021 Printed in Japan